Alfred Erichson

Martin Butzer - Der elsässische Reformator

Alfred Erichson

Martin Butzer - Der elsässische Reformator

ISBN/EAN: 9783743389014

Hergestellt in Europa, USA, Kanada, Australien, Japan

Cover: Foto ©Raphael Reischuk / pixelio.de

Manufactured and distributed by brebook publishing software (www.brebook.com)

Alfred Erichson

Martin Butzer - Der elsässische Reformator

Martin Butzer

der elsässische Reformator.

Zu dessen 400jähriger Geburtsfeier

den elsässischen Protestanten

gewidmet

von

Alfred Erichson.

Dritte Auflage.

Straßburg
J. H. Ed. Heitz (Heitz und Mündel)
1891.

Vorwort.

In der Reihe der Mitarbeiter der Reformatoren des 16. Jahrhunderts, deren Gedächtniß in unserem evangelischen Volk dankbar fortlebt, gebührt nicht die letzte Stelle den Männern, die in unserem engeren Heimathland, nach dem Maaße der ihnen verliehenen Geistesgaben, an dem Wiederaufbau der Kirche Christi gearbeitet haben.

Unter diesen aber ragt ganz besonders Martin Butzer hervor. Wenn nun dessen Geburtstag in diesem Jahr zum vierhundertsten Male wiederkehrt, so liegt darin eine Aufforderung an unsere protestantischen Gemeinden beider Bekenntnisse, ihm eine Jubelfeier zu veranstalten, wie solches vor acht Jahren für Luther und Zwingli geschehen.

Die Pfarrkonferenz von Elsaß-Lothringen, aus lutherischen und reformierten Geistlichen bestehend, hat sich in ihrer letzten Sitzung einstimmig für eine solche Feier ausgesprochen und ihre Kommission beauftragt, zur Veranstaltung derselben die geeigneten Schritte zu thun. Sie hat zugleich den Wunsch ausgesprochen, daß eine Volksschrift erschiene, die unserem evangelischen Volk das Leben und Charakterbild Martin Butzers und dessen unsterbliche Verdienste vor die Augen führte.

Mit der Abfassung dieser Schrift von der Kommission beauftragt, habe ich diese Blätter niedergeschrieben, einem Herzensbedürfniß folgend, dem Manne meine persönliche, dankbarste Verehrung zu zollen.

Ich habe dabei hauptsächlich an den geistigen Vater und Begründer der evangelischen Kirche des Elsasses gedacht und andere Seiten seiner Thätigkeit, des Raumes wegen, nur kurz berührt. Wenn ich Martin Butzer und seine Zeitgenossen allermeist mit ihren eigenen Worten redend vorführe, so erklärt sich dies aus dem Umstand, daß meine Mittheilungen größtentheils aus den Urkunden geschöpft sind, und ich glaubte, daß die Darstellung auf diese Weise an Anschaulichkeit nur gewinnen könnte.

Auch die zahlreichen Auszüge aus den Schriften und den (meistens noch ungedruckten) Briefen Butzers dürften, sowohl wegen ihres wahrhaft erbaulichen, als heute gerade beherzigenswerthen Inhalts, den Lesern willkommen sein. Viel hat wahrlich die Gegenwart von diesem Manne zu lernen, welcher zu den Besten seines Jahrhunderts gehört.

„Wer kam je mit Butzer zusammen," fragt einer seiner Zeitgenossen, „der nicht als ein Besserer von ihm weggieng?"[1] Möchten doch alle, die durch dieses Büchlein unseren elsässischen Reformator kennen und würdigen lernen, dasselbe von sich bezeugen können!

Straßburg, im Oktober 1891.

A. Erichson.

I.

Butzer, Mönch,
in Schlettstadt und in Heidelberg.

Martin Butzer wurde zu Schlettstadt am 11. November 1491[a] geboren, und erhielt, wie Luther, den Namen des Heiligen dieses Tages in der Taufe.

Seine Eltern, **Klaus Butzer**, ein Kübler, und **Eva**, eine Hebamme, waren unbemittelte Leute und wohnten, da sie kein eignes Hauswesen hatten, bei dem Großvater väterlicherseits, am Krautmarkte. Als sie in den ersten Jahren des 16. Jahrhunderts nach Straßburg zogen, ließen sie das Kind den Großeltern, „die ihrer Zucht und Frömmigkeit wegen berühmt waren". Der kleine Martin zeigte frühe eine ungewöhnliche Lernbegierde und schöne Geistesgaben. Die Großeltern schickten ihn deswegen in die damals blühende lateinische Schule des Orts, von welcher Thomas Platter, ein vielgewanderter Schweizer Student bezeugt: „Dies war die erste Schule, da es mir däuchte, daß es recht zugienge."

Bald hieß es in ganz Schlettstadt: Der wird ein Pfaff werden, wenn er's hinaustreiben kann. Gegen den geistlichen Stand empfand jedoch der Großvater Klaus, „wegen des unchristlichen Lebenswandels vieler Priester", eine entschiedene Abneigung. Dagegen träumte der Knabe selbst nur von Büchern und Gelehrsamkeit. Um aber ein Gelehrter zu werden, fehlten die Geldmittel, und es blieb ihm nichts anderes übrig, als in ein Kloster einzutreten, wo er sorgenfrei sich dem Studium ergeben könnte. Die Dominikaner von Schlettstadt kamen ihm entgegen und suchten ihn für ihren Orden zu gewinnen. Der Großvater hatte dagegen nichts einzuwenden, zumal die Schlettstadter Predigermönche (sie nannten sich wegen Aenderungen in der Klosterregel die „reformirten"), im Rufe „einer größeren Ehrbarkeit" als die Weltpriester standen, und so ließ der Fünfzehnjährige sich in die Kutte stecken. Mit pochendem Herzen legte er nach der einjährigen Probezeit im Jahr 1507 das Mönchsgelübbe ab. Er selbst erzählt später: „Also hab' ich mich bereden lassen, weil ich zur Lehre sonst von den Meinen keiner Hülfe durfte gewärtig sein, weil ich den Mönchen glaubte, daß, wenn ich im Orden bliebe, ich nicht könnte verdammt werden, und weil ich die Schande und meiner Verwandten Ungunst fürchtete, so wie auch ein unglücklich Leben sammt einem elenden Tod, wenn ich wieder austräte. Es ist also an mir das Sprichwort wahr geworden: Die Verzweiflung macht einen Mönch. Und das ist meiner Möncherei Anfang."

Der Wahn war kurz; bald stellten sich Enttäuschungen aller Art ein. Hören wir ihn selbst: „Von dem Leben, das ich im Kloster, von der zarten Jugend an, gelehrt worden bin, sage ich nicht mehr als: Gott erbarm' sich über sie und mich, verzeih' uns und lehre uns ein besseres, wie wohl, ohne Ruhm geredet, ich mit zu denen gezählt wurde, so eines frommen und tadellosen Wandels geachtet waren; darum bin ich aber nicht desto besser und gar nichts gerechtfertigt."

zum Priester geweiht worden war, erhielt er auch das Recht, die Kanzel zu besteigen.

Vorher schon, im Jahr 1518, sehen wir ihn als Lehrer thätig. Studenten und jüngeren Ordensbrüdern erklärte er die damals so großes Aufsehen erregenden Schriften des Erasmus von Rotterdam, eines „Fürsten unter den Gelehrten", und zugleich ausgewählte Bücher der Bibel. In seinen freien Stunden vertiefte er sich aber immer mehr in die heilige Schrift, und dieses ehrliche Forschen brachte auf ihn die Wirkung hervor, die es auf jedes ernste und wahrheitsuchende Gemüth ausübt. Wenn die scharfe Beurtheilung der kirchlichen Mißbräuche und Lehren, die er bei Erasmus fand, eine Veränderung in seinen Ansichten vorbereitete, so wies ihn die heilige Schrift auf das Eine hin, das Noth thut, das allein die tiefsten Bedürfnisse der Seele stillt und den innern Frieden gewährt.

Doch bereits hatte ein anderer Mönch in Wittenberg seine 95 Thesen angeschlagen. Die neuen Ideen der beginnenden Kirchenreformation drangen auch in das Heidelberger Kloster. Es sollte dem jungen Dominikaner bald das Glück zu Theil werden, Martin Luther persönlich kennen zu lernen. Dieser kam im April 1518 nach Heidelberg, um einer Versammlung von Vertretern des Augustinerordens beizuwohnen. Es läßt sich denken, mit welcher Spannung Bruder Martin den Worten Luthers lauschte, als derselbe vor einer Versammlung von Gelehrten, nach damaliger Sitte, eine Reihe von Lehrsätzen aufstellte und vertheidigte. Diese „Thesen", welche vom freien Willen, von der Gnade, dem Glauben, der Rechtfertigung und den guten Werken handelten und den meisten anwesenden heitssinn in Luthers „Brief an den Adel deutscher Nation", den er, nebst andern Luther'schen Schriften, zum Nachdruck nach Straßburg und Basel zu übersenden sich beeilte: „Möchten diese Schriften in vielen tausend Exemplaren in die Welt verbreitet werden, ruft er aus, wahrlich, Deutschlands Hoffnung beruht auf diesem Mann! Nein, Niemand wird mich je überreden, daß in diesem Handel nicht deutlich Gottes Finger und Gottes Geist sich offenbare!"

Kein Wunder, daß ihm das Mönchsleben immer lästiger wurde. Ehe noch das Jahr 1520 zur Neige gieng, und nachdem er sich mit seinem Vater und Freunden in Straßburg besprochen, faßte er den Entschluß, die ihm verleidete Kutte abzulegen. Schon längst hatte er sich ja auch seines Umgangs mit gelehrten Leuten und seines wissenschaftlichen Strebens wegen, das Mißfallen seiner Ordensgenossen, „der ungelehrtesten unter allen Mönchen", zugezogen. Bald sollte er nun auch deren Haß und Verfolgungssucht erfahren, namentlich als seine Beziehungen zu Luther und dessen Anhängern, Capito, Oekolampad, Melanchthon ruchbar geworden waren, und er aus seinen freieren Anschauungen kein Hehl mehr machte. Hatte er sich doch nicht gescheut, in Gegenwart vieler Ordensgeistlichen zu Frankfurt für Luther Partei zu ergreifen. Da er in Folge dessen bei dem damaligen Ketzerrichter Jakob Hoogstraten, bei einem Dominikaner-Pater Doktor Jesus in Straßburg, ja vor dem römischen Stuhl selbst verklagt worden war, mußte er gewärtig sein, daß man ihm seine Vorlesungen verbieten, ihn als „den größten Uebelthäter" seiner Grade, Würden und Ehren im Orden entsetzen, ja vielleicht noch „a n d e r s m i t i h m u m g e h e n würde."

Freiheit, zog er in den ersten Tagen des Monats März 1521 in die gastfreundliche Burg ein, „die Herberge der Gerechtigkeit", wie man sie mit vollem Recht nannte.

Als der Frühling wieder in's Land kam, begann auch für ihn ein neues Leben. Die weiße Dominikanerkutte vertauscht er mit den weltlichen Kleidern, die Sickingen ihm geschenkt; er verkehrt mit andern Flüchtlingen geistlichen und gelehrten Standes, sowie mit ab- und zugehenden Kriegsleuten; er bespricht sich mit ihnen über die großen Fragen der Zeit, studiert fleißig fort und erbauet an jedem Sonntag Ritter und Landsknechte durch seine kernige Predigt. Der päpstliche Gesandte Aleander, der in jener Zeit seine Bekanntschaft gemacht, schildert ihn als „einen jungen Mann von erschreckend braunem Gesicht, als einen unruhigen, gefährlichen Menschen, so recht nach dem Herzen Huttens."[4]

Der Wormser Reichstag nahte. Da erschien Glapion, der Beichtvater Karls V. auf der Ebernburg. Der listige Römling wußte Franz von Sickingen zu bestimmen, daß er Luthern zu einer Unterredung einlud, und Butzer wurde beauftragt die Einladung zu überbringen. Er reiste dem Wittenberger Mönch entgegen und traf am 13. April in Oppenheim mit ihm zusammen, erhielt aber, auf seine Botschaft, die echt luther'sche Antwort: „nach Worms bin ich berufen, und nach Worms will ich ziehen in Gottes Namen. Hat der kaiserliche Beichtvater mir etwas zu sagen, so kann es dort geschehen."

Wäre Butzer damals für die Sache der Reformation noch nicht gewonnen gewesen, so hätte dieses Wort und das heldenmüthige Auftreten Luthers in Worms die Entscheidung in ihm hervorgerufen. Er hatte übrigens Gele-

in der westlichen Pfalz, berief. Dort auf der einsamen
Pfarre mag er empfunden haben, wie wahr das alte
Schriftwort ist: Es ist nicht gut, daß der Mensch allein
sei. Noch bevor Luther und Zwingli den wichtigen Schritt
wagten, trat er in den Stand der Ehe, und zwar mit
einer armen und tabellosen Nonne, E l i s a b e t h S i l b e r -
e i s e n, aus Mosbach im Neckarthal, die „durch die selt-
samen Künste ihrer Verwandten und gegen ihren Willen"
in das Kloster gebracht worden war. Sie hatte zwölf
Jahre lang den Schleier getragen, als sie dem jungen
Pfarrer die Hand reichte, um mit ihm als treue Ge-
hülfin die Mühen und Kämpfe des Lebens zu theilen.

Butzers Pfarrdienst in Landstuhl wurde oftmals durch
Reisen unterbrochen. Franz von Sickingen, der seine
Geschäftsgewandtheit hoch anschlug, benützte ihn gern als
Gesandten in Sachen der Religion. Auf einem dieser
Gänge in den Niederlanden gerieth er in Lebensgefahr
so daß die Nachricht seines Todes sich verbreitete. Auch
fällt in diese Zeit eine Reise nach Straßburg, wo Geiler
von Kaysersberg durch seine Predigten der Reformation
den Boden vorbereitet hatte, Luthers Thesen an die Thüren
der Geistlichen angeheftet worden waren, und der Münsterpfarrer Matthäus Zell seit einiger Zeit schon den Samen
des Evangeliums ausstreute. Was Butzer hier zu sehen
und zu hören bekam, bestärkte ihn in der Ueberzeugung,
daß auch in der alten freien Reichsstadt „eine große und
allgemeine Umgestaltung der Dinge vor der Thüre sei."
Aber er dachte wohl nicht, daß er persönlich zum Mitarbeiter an diesem Werk, und zumal in der eigenen Heimath, sollte berufen werden, und doch fügte es Gott also

Widersachern zu, das ist unser Petrus und lehrt in vielen
Hauptstücken das Gegentheil, von dem was I h r behauptet." Auf Petri Worte gestützt, bekämpfte er die
Heiligenanrufung, die Fastengebote, die falschen Wunder
und Zeichen, die Wallfahrten, die Seelenmessen, die
Todtenopfer, die Gelübde, die Anmaßungen der geistlichen Obrigkeit, und anderes mehr.

Das freie Vorgehen des jungen Vikars stieß bald auf
Widerstand. Die Barfüßer griffen ihn aufs heftigste an und
verläumdeten ihn beim Volk. Er aber, kurz entschlossen,
begab sich in Begleitung mehrerer Bürger in ihr Kloster.
Er wollte sie auffordern, ihm durch die heilige Schrift
zu beweisen, daß er im Unrecht sei, aber die Mönche
ließen sich nirgends finden. Nun verlas er vor der versammelten Gemeinde eine Rechtfertigungsschrift und übersandte sämmtlichen Weißenburger Ordenshäusern sechs
Artikel folgenden Inhalts: Christus ist allein unser Meister,
dem alle gehorchen sollen; das Christenwesen besteht im
Glauben und in Liebe zu Gott und nicht in äußerlichen
Dingen; mit Menschensatzungen dient man Gott vergeblich;
alle Gewalt in der christlichen Gemeine ist nur zur Besserung gegeben, was nicht dazu dient, ist ohne Nutzen.
Diese Sätze schlug er, nach Luthers Beispiel, an die Thüre
der St. Johann=Kirche an, nebst der Aufforderung: „Wer
Lust habe, dieselben auf Grund der hl. Schrift anzugreifen,
wolle sich am Ostermittwoch 1523, um zwölf Uhr in dieser
Kirche einfinden, um der Ehre Gottes und des Heils der
Brüder willen." Der Tag kam, Niemand erschien.

Die Anhänger des Alten hofften auf anderen Wegen
mit dem Neuerer fertig zu werden. Sie verklagten ihn
bei dem Bischof von Speier, der ihn und Motherer vor

die Tage seines Lebens noch nie befunden, aber die Noth seines Pfarrers Motherer drücke ihn noch mehr als die seine. Allein, er war der Mann nicht, der sich leicht entmuthigen ließ. Er begann, ohne jeglichen Entgelt, Bürgern, die ihn darum angesprochen, in Zell's Wohnung das Evangelium Johannes auszulegen und zugleich den Studenten die Episteln Pauli in lateinischer Sprache zu erklären.

Aus Furcht, es möchten daraus Unruhen entstehen, verbot der Magistrat diese Vorlesungen. Als aber der Bischof vom Ammeister begehrte, daß er ihm den bännigen Priester ausliefere, führte gerade dieses Vorgehen eine für Butzer günstige Entscheidung herbei. Wie einst der Apostel Paulus sich auf den römischen Kaiser berief, so erklärte Butzer, er sei als Bürgersohn nicht dem Bischof, sondern dem Magistrat unterthan und bitte um dessen Schutz und Schirm. Der wurde ihm auch gewährt, zumal die Bürgerschaft nicht leiden wollte, „daß ein so feiner und gelehrter Kopf auf die Schlachtbank der Pfaffen geliefert würde." Von diesem Augenblick an durfte er abwechselnd mit Zell im Münster, in der St. Lorenzen-Kapelle, predigen. Hier erwies sich der Raum bald zu klein, um die wachsende Zuhörerschaft zu fassen; aber die Domherren wollten ihm eben so wenig als dem „Meister Matthis" den Zutritt zu der „Doktorskanzel" Geylers von Kahsersberg gestatten. So bestieg nun auch Butzer den hölzernen Predigtstuhl, den die Schreiner aus der Kurbengasse für Zell verfertigt hatten und zur Stunde des Gottesdienstes jedesmal im Hauptschiff des Münsters aufstellten.

Mit welcher Freude mag der junge Prädikant das

Ammeister, welcher beide Teile „thädigte" und für den andern Tag auf die Pfalz beschied.

Noch vor Jahresschluß reichten die evangelischen Prediger eine Supplik beim Rath ein, in welcher sie anzeigten, „wie sie zur Förderung christlichen Unterrichts sich vereinigt hätten, alle Werktage das Evangelium Johannis erklären zu hören an einem öffentlichen und bequemen Ort, und wie sie dazu den gelehrten Herrn Martin Butzer, den man seiner Kunst und frommen Lebens halb hoch rühmen höre, zu einem]„Leser" (Professor) ersehen und um eine gebührende Besoldung durch Bitten vermocht hätten."[6] Der Magistrat gewährte noch mehr: der eben jetzt in die Leitung der öffentlichen Angelegenheiten eingetretene Jakob Sturm von Sturmeck bewog noch einige Gelehrte, sich Butzer anzuschließen, um nicht nur über das Alte oder Neue Testament, sondern auch über Philosophie Vorlesungen zu halten. „Es ist eine wahre hohe Schule," hieß es bald von diesen Vorlesungen.

Auch mit der Feder war Butzer thätig: er veröffentlichte noch in demselben Jahre 1523 drei umfangreiche Schriften.

In der „Summary der Predigt zu Weißenburg gethan" schildert er seine dortige Wirksamkeit, rechtfertigt sein Auftreten durch Gründe aus der heiligen Schrift, und stellt sein Reformationsprogramm auf. Wie ächt protestantisch lautet der Satz: „Suchet in der Schrift, die eure geistliche Uebung sein soll, und ihr werdet finden, daß alle Wahrheit und Lehr Christi in dem besteht: daß wir durch Christum und sein Evangelium einen festen Glauben und herzlich Vertrauen haben zum Vater als zu einem gnä-

Zeit nach Straßburg gekommen waren, **Wolfgang Capito** und **Caspar Hedio**, konnte jetzt der Münsterpfarrer Zell den Gegnern zurufen: „Wie dünkt euch nun? Habe ich nicht geweißjagt: Gott werde bald noch mehr Arbeiter schicken?"

Die Zuversicht, welche Martin Butzer in der zuletzt genannten Schrift ausgesprochen hatte, daß „Gott, der auch die Vögel speist, ihn wohl das Zeitliche werde finden lassen", verwirklichte sich noch eher als er dachte. Die Gartner, nämlich der ackerbauende Theil der Bevölkerung, zeigten gleich zu Anfang am meisten Eifer für die reformatorische Bewegung. Schon im Februar 1524 erbaten sie ihn vom Magistrat für den Pfarrdienst an St. Aurelien, „als den tauglichsten und geschicktesten dazu und zwar nicht allein nach ihrem eigenen Bedünken, sondern aus Anzeigen der würdigen Doktoren und Präbikanten, die jetzt hier in Gottes Wort arbeiten." Ehre der Gemeinde, die „solches aus der Frucht einer Predigt, so Butzer bei ihnen gethan, wohl gespürt und gemerkt hatte" und nun, trotz des Widerstands des St. Thomas-Kapitels von dem ihre Kirche abhieng, ihn am 31. März 1524 auf der Gartnerstube zu ihrem Pfarrer wählte und die Bestätigung dieser Wahl beim Rathe durchsetzte!

Die Pfarrkinder von St. Aurelien meinten: „Ihr Pfarrer sollte nicht mehr auf der alten Geige geigen, aber ihnen das Evangelium treu predigen, Sie, ihre Frauen und Kinder und die alten Leute auf den rechten Weg zum wahren Glauben an Gott und zur rechtschaffenen Liebe gegen den Nächsten weisen." So war denn Butzer ganz ihr

brüder vor dem Magistrat das Wort führte. Der Bischof wußte es wohl: auf ihn den ersten Geistlichen, seines Sprengels, der in die Ehe getreten, hatte er es besonders abgesehen, als er das Ansuchen an die Obrigkeit stellte, die „Ehepriester" zu verjagen, und dieselben vor sein Gericht nach Zabern lud. Stand auch — wahrscheinlich durch ein Versehen des Schreibers — Butzers Name nicht unter denen der Amtsbrüder, über welche der an der großen Münsterthüre angeschlagene Bannfluch ausgesprochen war, so fühlte er sich nicht minder davon betroffen. Doch war dies schon damals eine abgenützte Waffe. Uebrigens stand ja der Magistrat hinter ihm. Er war dessen Vertrauensmann.

Wir sehen dies deutlich in jenen stürmischen Tagen, wo die empörten Bauern das Werk der Reformation sowohl als jede öffentliche Ordnung ernstlich bedrohten. Mit Jakob Sturm, Capito und Zell begab sich Butzer am Osterdienstag 1525, ohne der Gefahr zu achten, in das Lager der Bauern bei Altdorf, wies ihnen unerschrocken durch die heilige Schrift ihr Unrecht nach und suchte sie mit freundlichen Worten zu beschwichtigen. Im Pfarrhaus zu Enzheim, wo sie auf der Heimreise eingekehrt waren, setzten jene Männer noch ein Schreiben an die Bauern auf, worin sie ihre Ermahnnngen zum Frieden wiederholten. Leider vergeblich.

In den damals so häufigen öffentlichen Gesprächen zwischen Mönchen, wie Murner, Treger, und altkirchlichen Priestern einerseits, und den Anhängern der neuen Lehre andrerseits, zeichnete sich Butzer stets durch seine Geistesgegenwart und Schlagfertigkeit aus und trug nicht wenig zur Besiegung der Gegner bei.

Wo er nur konnte, trieb er vorwärts, denn: „Wer im innerlichen Tempel seines Herzens reformiert ist‘ mahnte er, der muß das auch frei bekennen mit Wort und Werken und das Widerspiel fliehen und andere davon abziehen.... Den höchsten Obrigkeiten steht aber Reformation der Religion zum Höchsten zu." [8] Fast täglich sah man ihn auf die Kanzlei gehen, [9] denn, „wenn er etwas vorgefaßt, so konnte ihn niemand von seinem Kopf bringen." [10]

Von seiner Hand rührt das älteste uns bekannte Schreiben her, welches die Abschaffung der Messe „als der schwersten Gottesschmach und Abgötterei, die keine christliche Obrigkeit dulden dürfe," [11] vom Rath dringlichst verlangte: „Wollen wir Christen sein, so dürfen wir als solche keine Schwierigkeiten scheuen, auch nicht einen Zank zwischen Fürsten und Städten." Und wenn man in Straßburg bei der Beseitigung aller kirchlichen Gebräuche, welche die hl. Schrift nicht rechtfertigte, rascher und gründlicher vorgien g als im übrigen Deutschland, so ist auch dies vornehmlich auf Butzer zurückzuführen. Solches bezeugt die Stelle aus einem Brief Capito's vom Jahre 1524: „Wir haben noch Meßgewänder, die Aufhebung des Kelchs und dergleichen böse Werke, doch wird Butzer diesen Punkt seinem Werth nach ussbutzen."[12] Sein Feuereifer ließ ihm in der That keine Ruhe, bis „der Greuel der fremden Sprache" beim Gottesdienst, die Lichter auf dem Altar, der Weihrauch, alle Feste, die nicht auf einen Sonntag fielen, und Anderes mehr, abgethan war. Namentlich erfuhr die Feier des Abendmahles eine tiefgreifende Aenderung.

Die ächt reformierte Einfachheit des Gottesdienstes die sich bis heute in unsrer elsässischen Kirche erhalten hat, entspricht vollkommen den Grundsätzen, die Butzer schon in seiner Schrift vom Jahr 1524: „Grund und Ursache aus göttlicher Schrift der Neuerungen halb . . ." ausgesprochen hatte. Nicht minder der demokratische Charakter der kirchlichen Verfassung, welcher sich namentlich in der Betheiligung der Gemeinden an dem Kirchenregiment und in der Wahl der Pfarrer durch einen Ausschuß der Gemeinde kund gab. Auch als einen Vorläufer des kirchlichen Liberalismus kann man ihn ansehen, insofern er jeden äußern Zwang verwarf und den Geistlichen, in Bezug auf den Gebrauch der liturgischen Formeln und der Lehrbücher, die Freiheit einräumen wollte, die sie vor Gott und ihrem Gewissen selbst verantworten könnten.

Als im Jahr 1531 die geistliche Behörde, die man den Kirchenkonvent nannte, in's Leben trat, wurde Butzer durch den Magistrat zu dessen Vorsitzenden ernannt. In dieser Eigenschaft verfaßte er nun die meisten der gemeinsamen Schriften und Gutachten der „Diener am Wort Gottes zu Straßburg". Mehrmals, da er auf Reisen war, schickte er seinen Amtsbrüdern die wichtigsten Verhaltungsmaßregeln schriftlich zu.

Da er als „Superintendent auf alle Pfarren in Stadt und Land, und viel mit Schreiben und Reiten (Reisen) in gemeinen Kirchensachen beladen, die Pfarr zu St. Thomas nicht mehr wohl warten konnte," legte der gewissenhafte Mann im Jahr 1540 das Pfarramt an dieser Kirche nieder. Das Predigen aber konnte er nicht lassen: es war ein Bedürfniß seiner Seele, und wie anderen, so mag er sich selbst zugerufen haben: „O laßt predigen! Laßt predigen, so lang es der Herr gibt, wer Platz haben mag".

Wie eifrig er am innern Aufbau der Kirche arbeitete, ersehen wir auch daraus, daß er das neugeordnete **Gesangbuch** von 1545 herausgab, daß er einen **Bettag** anordnen ließ, daß er die **Konfirmationshandlung** oder, wie er selbst sie nannte, „die öffentliche Bestätignng" einführte,[13] und zwar ehe Luther oder ein anderer Reformator daran gedacht hatte, und endlich daß er zwei **Katechismen** verfaßte, die große Verbreitung fanden. In dem „Kürzeren", der zum Gebrauch der Schüler des Gymnasiums in's Lateinische übersetzt wurde, findet sich folgendes Kindergebet „zum Schlafen gehen", das wir nach dem ursprünglichen Druck mittheilen:

HERRE Got himlischer vatter, Ich sage dir lob vnd danck, das du mich disen tag so vätterlich behütet, geleret, vnd erneret hast, Vnd bit dich, verzeihe mir was ich disen tag wider dich gedacht, geredt vnd gethon habe, vnd beware mich auch dise nacht, das ich inn deinem namen ruge, vnnd morn frölich zu deinem lobe wider auffstande, Behüte auch vnsere Obern, Lerer, Vater, Muter, geschwisterte, freund vnd jederman, Durch vnseren Herren Jesum Christum, Amen. Unser Vatter ꝛc.

Luther wollte, daß neben jeder Kirche eine Schule stehe. Dies war auch Martin Butzers Wunsch. Schon im Jahr 1526 verlangte er vom Magistrat die Errichtung von „**gemeinen Belehrhäusern** für Knaben und Mägdlin" (Volksschulen); gleichzeitig faßte er die Gründung einer **Hochschule** in's Auge, und bat Zwingli ihm für dieselbe den Zürcher Lehrplan so bald als möglich zu überschicken.[14] Die Schule soll für's Leben erziehen, darum drang Butzer auf „eine strenge Zucht und heilige Handlung unter den Schülern."

Wie sehr übrigens seine Verdienste als Schulmann geschätzt und gewürdigt wurden, erhellt aus einem ein

Jahr nach der Gründung des Gymnasiums (1538) geschriebenen Brief eines Augsburger Arztes, in dem es heißt: „Wenn Butzer sein Leben lang nichts gutes gethan und nur die Schule zu Straßburg angericht hätte, so wäre es doch ein herrlich gottselig Werk, denn dergleichen Schulen, hab ich mein Leben lang nie gesehen".[15] Ein anderer, der es noch besser wissen mußte, Johannes Sturm, bezeichnet ihn als den „Haupturheber der gelehrten Straßburgischen Schule".

Eines der zahllosen Gesuche, mit welchen Butzer sich an den Magistrat wandte, schließt mit den Worten: Summa meines Begehrens ist, daß Pfarrer und Schulen vor allem mit tauglichen Leuten und aller nothbürftigen Nahrung versehen werden. Hiezu sollten hauptsächlich die Kirchengüter verwendet werden.

Auch zur Unterhaltung von Stipendiaten, anfänglich im Predigerkloster, und dann im Stift St. Wilhelm, gab Butzer den ersten Anstoß. Ein Beweis seiner Fürsorge für diese letztere Anstalt ist sein Testament, in welchem er die „Wilhelmer-Knaben" als seine Erben einsetzte, falls er keine leiblichen Erben hinterlassen sollte.

Ihm gebührt ferner das Verdienst, die Verhältnisse des St. Thomasstifts geordnet und dasselbe durch seinen „Reformationsplan" in ein „gelehrtes Kollegium" umgewandelt zu haben, dessen Pfründen zur Belohnung anerkannt wissenschaftlicher Leistungen dienen sollten, während die anderen Kirchengüter zu dem „wahren Kirchendienste, Schulen und Versehung der Armen" verwendet wurden.

Eines seiner Hauptanliegen war eine zweckmäßige

Regelung des **Almosenwesens**, wobei er die Gewährung einer Unterstützung vor allem von einem ehrbaren Wandel und von dem Arbeitsfleiß abhängig machte. Auch in diesem Punkt ist er der heutigen Zeit vorangegangen.

Die Pflege der **öffentlichen Sittlichkeit** und die Handhabung einer strengen **Kirchenzucht** waren nicht weniger Gegenstand öffentlicher Mahnungen und eingehender Verhandlungen mit Magistrat und Geistlichkeit. Wir hören die Klagen, „daß viele des Papstes Joch hinwerfen, aber dagegen das Joch Christi nicht aufnehmen wollen",[16] und als einmal der Rath seine hierauf bezüglichen Wünsche nicht berücksichtigen wollte, so soll er „tapfer in die Regimentsherrn eingehauen haben." Von der Obrigkeit erwartete er eben, „daß sie die von Gott gegebene Gewalt nur zu Ehren Gottes, nämlich dazu gebrauche, daß ihre Unterthanen vor allem ein gottselig und ehrbar Leben führen möchten." Vielen war er ein unbequemer Sittenrichter, und das Volk schrieb alle strengeren Gesetze gegen Luxus und Sittenlosigkeit auf seine Rechnung; so erklärt sich, daß er in den letzten Jahren seines Lebens an Beliebtheit einbüßte.

Wie anderswo, so tauchten damals in Straßburg zahlreiche, für die junge Kirche gefährliche **Sektirer** auf. Als Mann der Ordnung nahm Butzer regen Antheil an der Bekämpfung derselben. Doch scheint er die strengen Maßregeln, die gegen die gefährlicheren Sektenführer ergriffen wurden, aus verschiedenen Gründen nicht gebilligt zu haben. „Die Landsverweisung ist nit christlich," schrieb er an den Grafen von Hanau-Lichtenberg, „denn die Leute, die eine Obrigkeit so schädlich findet, daß sie dieselben bei den Ihren nicht geduldet solle, die kann sie mit keinerlei gutem Gewissen Anderen zuschicken oder zukommen lassen. Man mag sie ins Gefängniß legen, aber darin nützlich beschäftigen." [17] Bei einer andren Gelegenheit sagte er: „Auf diese Weise (Hinrichtung der Ketzer) wie auf dem Concilio zu Konstanz, will ich wohl glauben, daß man der Ketzer Nacken brechen kann, wären sie noch so hart, aber solches könnte ein Henker besser, und stünde ihm auch besser an als einem Bischof oder Diener Gottes, der durch das Wort Gottes mächtig sein soll, die Widerspenstigen zum Schweigen zu bringen." [18]

So erscheint Butzer den Sektirern gegenüber toleranter als viele seiner Zeitgenossen. Er wollte sie überzeugen und bessern, und seine Bemühungen in dieser Hinsicht blieben nicht ganz ohne Erfolg. Dies erhellt z. B. aus dem, was der Pfarrer von Alt St. Peter, Theobald Schwarz, über das Auftreten Butzers auf der Synode von 1533, zu welcher die Häupter der Widertäufer geladen worden waren, einem Freund erzählt: „Ich wollte, du hättest sehen und hören können, wie er ganz besonders von Gott begnadigt war, auf alle Einwürfe der Gegner zu antworten. Viele, welche vorher den Namen gar nicht einmal hören konnten, fangen jetzt an, den Mann von Herzen lieb zu gewinnen."

Endlich war auch Martin Butzer, wenn wir zuverlässigen Schriftstellern glauben, [19] einer der entschiedensten Gegner der Hexenprozesse, dieser Schmach der Christenheit. Thatsache ist jedenfalls, daß zu seinen Lebzeiten die der Hexerei beschuldigten Personen höchstens mit Verbannung bestraft wurden.

Alle diese so mannigfachen Verdienste um die Stadt Straßburg fanden schon zu seinen Lebzeiten die vollste Anerkennung. „Butzer ist hier der Hauptmann," äußerte

Capito, „eine Säule, nicht allein durch Gelehrsamkeit, die mir bei einem Christenmenschen hoch zu schätzen, aber nicht als das Höchste erscheint, sondern auch durch sein Urtheil in zeitlichen Dingen, seine Beharrlichkeit, Bieder= keit und seine Liebe zum Nächsten." Und Peter Martyr schrieb an Butzer selbst: „Bei Pflanzung der Straßburger Kirche hat der Herr mehr durch dich gethan als durch alle Anderen." Dieser Mann war in der That, wie Calvin ihn einmal nannte: „Der Bischof von Straßburg" — freilich in dem Sinne, wie auch Matthäus Zell diesen Titel, den ein Gegner ihm zum Spotte beigelegt hatte, sich gefallen lassen wollte: „Nicht daß ich Bischof sei, sondern daß ich's billig sein soll von wegen des Standes, in dem ich bin, und weil nicht ein klein Volk mir befohlen ist, dessen Hirt, Hüter, Wächter und Lehrer und Aufseher ich sein soll, was jenes Wort bedeutet".[20]

VI.

Butzers reformatorische Thätigkeit im Elsaß.

Die Straßburger Reformatoren hielten es für eine ihrer Hauptaufgaben, „die Kirchen auf dem Land väter= lich zu besuchen, mit dem Wort des Herrn selbst zu unter= weisen, zu trösten und ermahnen, auch daselbst die christliche Zucht und was zur Besserung dienen mag, fleißig zu üben."[21] Sie giengen weiter und überzeugten den Magi= strat, daß es seine Pflicht sei, auch in den der Stadt zugehörigen Dörfern und Flecken die Reformation einzu= führen. Hier eröffnete sich nun für Butzer ein neues

Arbeitsfeld, auf dem er viele Jahre lang eine gesegnete Wirksamkeit entfaltete.

Schon im Jahr 1526 betrieb er die Anstellung eines evangelischen Pfarrers in Benfeld. Als aber dies Städtchen, nach Auslösung einer Pfandschuld, an den Bischof zurückfiel, und in Folge dessen die Wiedereinführung des katholischen Kultus bevorstand, reiste Martin Butzer, der immer bereit war, für seinen Herrn Jesum einen guten Ritt zu thun, dorthin, und hielt an zwei Tagen drei Predigten über die Worte: Kommet her zu mir, die ihr mühselig und beladen seid. „Da künftighin der Verkehr mit ihnen nicht mehr möglich sein würde, sei er zu ihnen herausgekommen, um sie in der empfangenen, einigen und gewissen Lehre Christi zu befestigen und zu stärken." Er schloß seine Ermahnungen mit den Worten: „Bleibet bei dem, das ihr gelernt habt, ... zanket und disputieret mit niemand; wo aber dies der Glaub Christi erfordert, da bekennet den Herrn und seine Lehre in aller Demuth und Gelassenheit, und unterweiset und vermahnet in Christo alle, bei denen ihr also Frucht schaffen möget." [21]

Auch seine Erstlingsgemeinde auf elsässischem Boden, Weißenburg, verlor er nicht aus dem Auge, wie der Umstand beweist, daß er seine in der St. Johannkirche gehaltenen Predigten mit Widmung an „einen christlichen Rath und Gemein der Stadt" drucken, und in hundert Exemplaren durch den zurückkehrenden Motherer dort vertheilen ließ.

Mit gleich sorgendem Herzen verfolgte er den Gang der reformatorischen Bewegung in seinem Geburtsort Schlettstadt, woselbst der ihm befreundete Paulus Seidenstücker sammt seinen Vikaren, schon im Jahr 1522 sich von Rom losgesagt hatte.

Am fleißigsten aber und mit dem besten Erfolg arbeitete Butzer in den Ländereien von Hanau-Lichtenberg. Wir finden ihn Jahre lang, namentlich von 1542 bis 1548, in regem Briefwechsel mit dem Grafen Philipp IV., dem er bei der Einführung der Reformation mit Rath und That und besonders durch Zusendung zweckentsprechender Schriften behülflich war. Er versorgte diesen Landstrich, dies- und jenseits des Rheins, mit geeigneten Geistlichen. Es waren meistens seine Schüler, die er mit Empfehlungen und väterlichen Anleitungen in die Gemeinden der Grafschaft schickte: nach Buchsweiler, Pantaleon Blasius, der die Seele der hauauischen Reformation wurde; nach Kirweiler, Christoph Söll, den ersten Pädagogen des Wilhelmerstiftes, seinen späteren Schwiegersohn; nach Kork und Sand, auf dem rechten Rheinufer, Anselm Pflüger. In Westhofen ließ er durch seinen Vikar Conrad Hubert 1545 die erste evangelische Predigt halten. Aus seiner Hand empfieng die Grafschaft Hanau-Lichtenberg ihre Kirchenordnung, und auch späterhin unternahm Philipp IV. nichts, ohne seinen Rath eingeholt zu haben. Butzer ermahnte ihn unablässig, „in seinem Eifer fortzufahren, um in einer so betrübten Zeit deutscher Nation das Reich Christi durch wahre Besserung und rechte Bestellung der Religion und Seelsorge anzurichten. Denn des Herrn Wort muß ja wahr sein, da es sagt: Trachtet am ersten nach dem Reiche Gottes und nach seiner Gerechtigkeit, so wird Euch das andre alles zufallen. Wo der Herr ist (und erkannt wird, der allein alles Guts ist, thut und gibt,) wie sollte es da nicht zum allerbesten gehen?[17] Wahrlich goldene, auch heute noch beherzigenswerthe Worte!

Andere Herrschaften des Elsaßes wandten sich ebenfalls an das Kirchenhaupt Straßburgs, so die Freiherrn von **Fleckenstein**, denen er seinen Freund und Gehülfen **Schalling** für **Weitersweiler** überließ; der Junker von **Dettlingen**, dem er einen Prediger für **Scharrachbergheim** sandte; die **Sickingen**, in deren Hohenburg'schem Gebiet er eine Kirchenvisitation vornahm.

Einer alten Ueberlieferung zufolge soll er, auf eine Einladung der Herrn von Ober'kirch, in deren Schloß **St. Johann bei Oberehnheim** gepredigt haben.

Seine Empfehlung bewirkte, daß Mathias Erb nach **Reichenweier** kam und für die württembergischen Besitzthümer im Elsaß der Reformator wurde.

Auch mit den Mülhauser Predigern unterhielt er einen freundschaftlichen Verkehr und ließ ihnen seine wohlgemeinten Rathschläge zu Theil werden.

In Anbetracht des Einflusses, den Straßburg auf die Einführung der Reformation im ganzen Land ausübte, kann Butzer mit Fug und Recht der **Vater der elsässischen Kirche** genannt werden.

VII.

Evangelisation und Mission.

Die Thätigkeit Butzers erstreckte sich weit über die Grenzen der engeren Heimath hinaus. Sagte er doch: „Ich bin, dem Herrn sei ewiges Lob, erstlich ein Christ, der ich auf Erden nichts Höheres suchen soll als Verbreitung der Erkenntniß und des Reiches unsres Herrn Jesu Christi. Außerdem bin ich zu dem Dienst, das hl.

Evangelium zu predigen, in Auflegung des priesterlichen Amtes verordnet worden, und dieß mit dem Befehl des Herrn: Gehet hinaus in alle Welt und prediget das Evangelium allen Creaturen." [22]

Immer kehrt in seinen Briefen der Gedanke wieder, „daß Gott nicht blos einige wenige Gemeinden Deutschlands Christo übergeben habe, sondern alle Völker der Erde, und daß wer wirklich ein Christ sein will, allen, auch den Auswärtigen, die Hand bieten soll, um sie zur rechten Erkenntnis Christi zu bringen."

Es will uns bedünken, daß unter den Reformatoren kein anderer des Herrn Jesu Befehl und dessen Lehre vom Reich Gottes, welches in keine kirchlichen noch politischen Grenzen eingeschränkt werden kann, so richtig verstanden hat wie Martin Butzer. „Ließ sich nit ein jeder dünken, schrieb er an einen deutschen Junker, er hätte genug gethan, so er den Seinen hat predigen lassen, die Sach stünde besser. Paulus hat gar ernstlich Sorg getragen, daß das Reich Gottes allenthalb, auch da er leiblich nie gesehen war, aufgienge und zunehme." [23] Und noch bündiger drückt er sich anderswo aus. „Wir sollen anderen Nationen ein gut Exempel geben mit der Reformation." [24]

Wie Butzer dieses sein Evangelisationsprogramm ausgeführt, kann freilich hier nur kurz, durch Aufzählung von Orts- und Ländernamen, angedeutet werden.

Vor allem ist Metz zu nennen, wo der Protestantismus, nach viel versprechenden Anfängen, in seiner Entwicklung gehemmt worden war. Butzer begab sich selber an Ort und Stelle im Jahre 1539, um sich mit den Gesinnungsgenossen über die Mittel zu besprechen, durch welche die Verkündigung des Evangeliums bei ihnen gefördert werden könnte. Der bischöfliche Offizial war ihm jedoch gleich auf den Fersen und hinderte ihn, etwas auszurichten. Von seiner warmen Fürsorge für Metz zeugt auch ein im Jahre 1541 mit dortigen Domherren geführter Briefwechsel;[25] und endlich ist es wohl seinem Einfluß zu danken, daß der Straßburger Magistrat sich der Metzer Evangelischen energisch annahm und bei der Abschließung des Vertrags von Pont-à-Mousson, der ihnen 1542 die Religionsfreiheit und eine Kirche zusicherte, mitwirkte.

Wir treffen Butzer sodann, wenn nicht als Begründer, so doch als Mitbeförderer und Ordner der evangelischen Kirche in den meisten Städten Süddeutschlands. War er doch anerkanntermaßen mit einem organisatorischen Talent, wie kein andrer unter den Reformatoren, begabt. Das Fürstenbergische Kinzigthal, die Reichsstadt Gengenbach, Biberach und Baden in der Markgrafschaft versorgt er mit Predigern. Württemberg, mit dessen Herzog Ulrich er lebhafte Beziehungen unterhielt, und namentlich Eßlingen, Memmingen, Ulm, Augsburg und die Städte am Bodensee weisen Spuren seiner Wirksamkeit auf.

In der Schweiz war er ein gern gesehener Rathgeber, auf den in allen schwierigen Lagen sich die Blicke richteten, und auch in dem andern Nachbarland, der Pfalz, knüpft sich die Reformation hauptsächlich an seine Wirksamkeit an.

Zwischen Frankfurter Predigern stellt er den Frieden wieder her, und der Münsterer Kirche ertheilt er seine Rathschläge.

schenken, und Herzen, die ihm folgen mögen."²⁸ Er selbst wäre gern dieser Apostel Frankreichs geworden, hätte er nur Zeit dazu gehabt, und hätten die Verhältnisse im Lande jenseits der Vogesen ihm ein ersprießliches Einwirken auf die Verbreitung der evangelischen Lehre gestattet. Wie freut er sich aber über die Fortschritte des Evangeliums in jenem Reich! Bei den deutschen Fürsten und den Schweizern, wie beim Straßburger Magistrat sucht er Theilnahme für diejenigen zu wecken, die unter der Verfolgung leiden. Um die Schriften Luthers in Frankreich zu verbreiten, übersetzt er sie ins Lateinische. Er führt einen regen Briefwechsel mit Gelehrten und Hofbeamten, sendet einen „Reformationsentwurf" an König Franz und ist bereit selbst nach Paris zu reisen, um durch Unterredung mit den vornehmsten französischen Theologen dies Unternehmen zu fördern.

Am nachhaltigsten aber wirkt er für die Evangelisation Frankreichs durch den Einfluß, den er auf die in großer Zahl nah Straßburg geflüchteten französischen Reformierten ausübt. Er ist hier der eifrigste Gönner der stets wachsenden „Welschen" Gemeinde und wirkt, durch seine engeren Beziehungen zu ihrem Haupt, Calvin, nicht wenig auf die Gestaltung ihrer Kultusform und Organisation ein, die ihrerseits wieder vielen andern Kirchen als Muster dienen sollten.

Für Italien schreibt er theologische Bücher; er unterhält lebhafte Verbindungen mit den evangelischen Gemeinden in Venedig, Modena, Bologna, schickt den Waldensern ein umfangreiches Gutachten über kirchliche Angelegenheiten, empfängt ihre Abgesandten und belehrt sie.

Selbst das entlegenere, durch das Meer getrennte

England war frühe der Gegenstand seiner warmen Fürsorge. „Betet für die englische Kirche," mahnt er seine Freunde, „der König will nur das Eine: daß bei seinen Untherthanen Christus König sei." Freudig meldet er im Jahr 1536: „Der Herr hat uns jetzt ganz England, alle Reiche des Nordens zugeführt." [29] Noch in den letzten Jahren seines Lebens, wie weiter unten gezeigt werden wird, hat unser Landsmann eine gesegnete Wirksamkeit daselbst entfaltet.

Sogar nach dem fernen Osten richtet er seine Blicke: „O daß die armen Deutschen," ruft er aus, „aller ihrer Spaltungen vergessend und unter sich geeint, doch in die Lage kommen möchten, der grausamen Tyrannei des Türken, des Erbfeindes Christi und Zerstörers aller Religion, ein Ende zu machen, und also die so herrlichen Kirchen Christi, die in Illyrien, Dacien, Mysien, Macedonien, Thracien und Griechenland und in vielen anderen Landen bereinst gewesen, wieder aufzurichten." Wie freudig schlug sein Herz als ihm die Kunde aus zuverlässiger Quelle wurde, „daß das Evangelium in Ungarn sich verbreite, daß es in Konstantinopel rein gepredigt und die Sakramente, wie sie Christus eingesetzt hat, verwaltet werden." [30]

Ganz besonders muß endlich hervorgehoben werden — was hier zum ersten Mal geschieht — daß, während das Bewußtsein der Missionsaufgabe der Kirche sämmtlichen andren Reformatoren fremd geblieben ist, Butzer dieselbe klar erkannt und zu Herzen genommen hat. Entschieden und nachdrücklich weist er in seinem Buch „von der wahren Seelsorge" hin auf diese heilige Pflicht der gesammten Kirche, ihrer geistlichen und weltlichen Glieder und Leiter, der Obrigkeit wie der Kirchenvorsteher. „Wie unsere Obern auch fremde Völker gewinnen möchten", so lautet die Ueberschrift eines Abschnittes dieser Schrift. Er beklagt es, daß „die Obrigkeiten und Fürsten wohl die Länder und zeitlichen Güter der armen Heiden suchen — (also schon damals) — aber nicht darauf bedacht sind, ihre Seelen Christo zu gewinnen," und schließt mit dem selbst in unsrer heutigen missionsfreundlichen Zeit noch beherzigenswerthen Aufruf: „Wolle unser einiger guter Hirt Christus verleihen, daß seine Gemeinden allenthalb mit recht getreuen und emsigen Aeltesten bestellt werden, die nicht nachlassen an allen Menschen auch Juden und Türken, allen Ungläubigen und den armen Leutlein in den Inseln und neuen Ländern jenseits des Meeres, zu denen sie immer einen Zugang haben mögen, auf daß sie Alle zu Christo gänzlich bringen mögen."

Ueberblicken wir schließlich alles was Butzer sowohl für die Gründung und Leitung der Kirchen, als für die Ausbreitung des Evangeliums gewirkt hat, so begreifen wir einerseits, daß es in der katholischen Welt von ihm hieß: „Zwei Märten (Martin Luther und Martin Butzer) seien die schädlichsten Feinde der heiligen (wir sagen: der römischen) Kirche, aber Butzer sei schädlicher als Luther,"[31] und andrerseits, daß Calvin ihm das Zeugniß gab: „Butzer brannte vor Begier das Evangelium zu verbreiten", und daß Luther einst bei gefährlicher Erkrankung, ihn für den Fall seines Abscheidens gleichsam zu seinem Nachfolger einsetzend, zu ihm sagte: „Giebt mir Gott Ruhe, so lasset Ihr Euch alle seine lieben Kirchen mit allem Ernst befohlen sein."[32]

VIII.

Butzers Einigungs- und Wiedervereinigungs-Bestrebungen.

Wie sehr Butzer sich der hohen Aufgabe bewußt war, die Luther ihm in diesen Worten an's Herz legte, bewiesen auch seine unablässigen Bemühungen, den Frieden innerhalb der evangelischen Christenheit herzustellen.

Es ist bekannt, daß die protestantische Kirche sich frühe in eine lutherische und eine reformierte theilte, und daß die Ursache dieser Trennung in der verschiedenen Auffassung des Abendmahls lag.

In einem Punkte waren die evangelischen Theologen einig, darin nämlich, daß die katholische Auffassung des heiligen Abendmahls und namentlich die Verwandlungslehre zu verwerfen sei. Während aber Luther lehrte, daß der wahre Leib und das wahre Blut des Herrn in, mit, und unter dem Brod und Wein genossen werden, erblickte Zwingli in der ganzen heiligen Handlung nur ein Gedächtnißmahl; die Einsetzungsworte: das ist mein Leib, das ist mein Blut, faßte er im Sinne von: das bedeutet, auf und erklärte, Christus habe an ein eigentliches Essen seines Fleisches und an ein eigentliches Trinken seines Blutes nicht im entferntesten gedacht.

Dies war die Differenz, um deren willen sich die protestantische Welt in zwei feindliche Lager getheilt hatte die sich durch Wort und Schrift bekämpften. Auf Luthers Seite standen die meisten der norddeutschen Theologen; mit Zwingli hielten es die Schweizer, die Oberländer und vornehmlich die Straßburger, die sich hieburch Luthers größtes Mißfallen zuzogen, wie sehr sie auch um dessen Freundschaft buhlten.

Butzer hatte sofort eingesehen, welch schweres Unheil dem Protestantismus aus diesem Zwiespalt erwachsen würde. Die Eintracht wieder herzustellen, war und blieb für ihn eine hohe Lebensaufgabe, eine heilige Herzens= und Gewissensangelegenheit. „Wer sich des Geistes Christi rühmt und durch wahren Glauben ihm eingeleibet und also seiner Art worden ist, soll solcher Einigkeit auch zum führnehmsten und ernstlichsten begehren und dieselbe, alles seines Vermögens, fördern helfen."[33]

Andererseits erkannte er, daß eine politische Verbindung aller Evangelischen gegen die gemeinsamen Feinde, den Papst, den Kaiser, den König von Frankreich und den Türken nöthiger wäre als je. Solch ein Schutz= und Trutz= bündniß konnte aber nach damaligen Begriffen nur auf Grund der Lehreinheit zu Stande kommen.

Anfangs hegte Butzer zwar die Hoffnung, die Anders= denkenden für die zwinglische und eigene Auffassung ge= winnen, oder wenigstens, trotz Fortbestehen der Lehrunter= schiede, die kirchliche Gemeinschaft zwischen den beiden Richt= ungen aufrecht erhalten zu können. Sich von Angesicht zu Angesicht sehen und sich mündlich besprechen, schien auch ihm das einzig geeignete Mittel hiezu. Wie man weiß, lud der Landgraf Philipp von Hessen Luther und Zwingli, nebst ihren hervorragendsten Mitarbeitern, darunter die von Straßburg, auf sein Schloß in Marburg, im Monat Oktober 1529 ein.

Welch eine ernste Stunde war es für Butzer, als er mit Zwingli und Oekolampad, seinem Amtsbruder Hedio und dem Stettmeister Sturm, nach einer achttägigen Reise,

Januar 1530 die Stadt Straßburg, obgleich dem Reich
unterthan, mit den reformierten Schweizerstädten einen
Vertrag abschloß. Schon glaubte er, daß der erste Schritt
zur Verwirklichung des großartigen Plans gethan sei. Es
kam jedoch anders, als er dachte.

Auf die Dauer war die Sonderstellung Straßburgs
immer unhaltbarer. Man suchte sich an das lutherische
Deutschland anzuschließen, und auf dem Reichstag zu Augs=
burg 1530, thaten Butzer und sein Freund Capito wieder=
um ihr Möglichstes, um die sächsischen Theologen zu ge=
winnen, fanden aber keine Gnade vor ihnen. Sie wurden
nicht zur Unterzeichnung der „Augsburger Konfession" zu=
gelassen und mußten dem Kaiser ihr eigenes, das soge=
nannte „Vierstädte-Bekenntniß" überreichen.
Diese Schrift, von Butzer verfaßt, wich auch wieder in
dem Artikel des Abendmahls von der Augsburger Kon=
fession der Lutheraner ab.

Obgleich von dem unbrüderlichen Verfahren dieser
Letzteren schwer verletzt, ließen doch die Straßburger nichts
unversucht, um sich ihnen zu nähern. Der durch Zwingli's
Tod zertrümmerte Plan des „christlichen Burgrechts" und
die vereinzelte Stellung der Stadt Straßburg bewogen
Butzer, seine Vermittlungsversuche betreffs der Abendmahls=
lehre in einer anderen Weise wieder aufzunehmen. Von
der Zeit an geht sein Bestreben nur noch auf Eines
hin: er sucht einen Ausdruck zu finden, unter welchem
Luther seine Ansicht und die Straßburger die ihrige ver=
stehen könnten. Dank seinen Bemühungen wurde im Jahre
1532 die elsässische Stadt in den Schmalkaldischen Bund
aufgenommen, und fünf Jahre später von den bei=
derseitigen Theologen die „Wittenberger Kon=

fordic" geschlossen, die wegen des Antheils Butzers an ihrem Zustandekommen oft nach seinem Namen genannt wurde.

Er allein wußte, was es ihn gekostet, seine Worte in der streitigen Frage so zu stellen, daß er die Lutheraner befriedigte, ohne seine eigene frühere Ansicht thatsächlich aufzugeben! Man hat ihm Doppelzüngigkeit im Reden, Unehrlichkeit im Handeln vorgeworfen. Auf jeden Fall hat Butzer die Nachgiebigkeit bis zur äußersten Grenze getrieben. Liegt aber nicht für ihn eine Entschuldigung darin, daß er überzeugt war, „der Handel beruhe blos auf einem Wortstreit",[35] und ihn dabei stets nur die reinsten Absichten, die hohen Ziele der Reformation leiteten? Wer wollte ihm auch die Achtung für dies unermüdliche, bis zu seinem Lebensende fortgesetzte Bemühen versagen? Mochten auch manche es „das butzerische Fieber" nennen und darüber ungehalten sein, daß er nie Ruhe haben könne, er gab seine Bestrebungen auch dann nicht auf, als er einsah, daß er „gegen den fortlodernden Streit nichts mehr thun könne als beten."[36]

Wir aber glauben: wären Andere von der gleichen Gesinnung beseelt gewesen, wie Martin Butzer, die wahre Union der lutherischen und reformierten Kirche hätte verwirklicht werden können. Mit Recht nannte ihn eine edle Frau „den Fanatiker der Eintracht", und wir wollen auf ihn des Herrn Wort anwenden: Selig sind die Friedfertigen!

Dieselbe Ausdauer bewies Butzer auf einem anderen Gebiet.

Es gab damals noch Männer, die eine **Wiedervereinigung** der **protestantischen** und der **katholischen** Kirche für möglich hielten. Ein Wunder wäre es gewesen, wenn nicht Butzer auch hier seine volle Kraft eingesetzt hätte. Als einer der angesehensten und einflußreichsten Theologen seiner Zeit wurde er durch Kaiser Karl V. berufen, sich an den Religionsgesprächen zu betheiligen, die zu jenem Zweck veranstaltet wurden. Er fehlte auf keinem derselben: wir finden ihn in Hagenau und in Worms 1540, in Regensburg 1540 und 1546. Jedesmal machen sein Scharfsinn, seine Gelehrsamkeit und seine „glückliche Gabe im Disputieren", verbunden mit einer echt christlichen Duldsamkeit, den tiefsten Eindruck.

Wie schon früher, im Jahre 1528, auf dem Religionsgespräch in Bern, einer der katholischen Ohrenzeugen urtheilte, daß Butzer in gewisser Hinsicht mehr zu fürchten sei, als Zwingli und Oekolampad,[37] so äußerte sich der Kardinal Contarini über ihn während des Regensburger Kolloquiums in folgenden Worten: „die Deutschen haben Martin Butzer, der solch eine Fülle theologischen und philosophischen Wissens besitzt, mit so viel Scharfsinn und Schlagfertigkeit ausgerüstet ist, daß er allein schon allen unsern Doktoren entgegengestellt werden kann." — „Wie Niemand, wisse er den Papisten den Mund zu stopfen,"[38] so wird ferner von ihm berichtet, und bei dem Vergleichungsversuch in Augsburg im Jahre 1548: oft habe er während der Sitzungen Briefe an seine Freunde geschrieben, sei dann aufgestanden und den kurzen Sinn der langen Rede des Gegners zusammenfassend, habe er diesen glänzend widerlegt, so daß der Vorsitzende einmal das Wort fallen ließ: „er heißt wohl Butzer, ich meine, er hat ihn ausgeputzt."

Trotz seiner Weitherzigkeit und des Eifers, den er auf die Hebung der konfessionellen Trennung verwandte, blieb Butzer dem Grundsatz stets treu: „es sei fern von ihm, um der Vergleichung der Kirchen willen etwas Böses gut oder Gut's bös zu machen, die bessere Wahrheit an einigem Ort zu verschweigen oder zu verdunkeln."²⁴

Diese Reunionsunterhandlungen blieben, wie man weiß, fruchtlos, und die von Butzer erstrebte nationale deutsche Reformation — ein schöner Traum! Die Kluft war nicht mehr zu überbrücken. Allein, auch in dieser Hinsicht gebührt ihm das Verdienst, Großes gewollt zu haben.

Martin Butzer ist es, welcher auf einer jener Versammlungen, in Regensburg im Jahre 1541, zuerst die Erklärung abgab, daß man evangelischerseits sich die von den Katholiken ausgegangene Benennung **Protestanten** wohl gefallen lassen könne, und zwar „weil uns dieser Name nichts anders zugiebt, denn daß wir vor Kaiserlicher Majestät und den Ständen des Reichs bekannt und bezeugt haben, bei dem heiligen Evangelium Christi zu bleiben und uns mit dem nicht zu beladen, das demselbigen zur Verhinderung, Abbruch oder Verdunkelung gereichen möchte. Ist also **protestierend** ein ehrlicher und gottseliger Name, dem uns der Herr nur gebe genug zu thun, daß wir nämlich vor wahrer christlicher Lehre und Bekenntniß, wie wir protestieret, weder mit Wort noch Werken abtreten, und uns mit nichts beflecken, das demselbigen entgegen ist."³⁰

Wer auf den Namen Protestant stolz ist, möge diese Worte Butzers nicht vergessen!

IX.

Bußer, Prediger, Professor und Schriftsteller. — Aussprüche Bußer's.

Vor der Sonne erbleichen die glänzendsten Sterne. Hätte Martin Bußer nicht zu derselben Zeit wie Luther gelebt, so hätte er gewiß als Redner, als akademischer Lehrer und Schriftsteller in späteren Zeiten mehr Anerkennung gefunden.

Die ihn näher kannten, wußten ihn aber wohl zu würdigen. So z. B. Blaurer, der von ihm aussagt, „Man muß staunen, daß Gott auf einen einzigen schwachen Menschen so viele Gaben zugleich gehäuft hat."[39]

In der Sturm= und Drangperiode ein volksthümlicher Redner, mußte er auf der Synode von 1533 den Vorwurf hören, „er predige zu lang und gehe zu den besonderen Personen", d. h. er predige für die Gelehrten und nicht für das Volk. Letzteres fiel auch Luther auf, als er Bußer zu Wittenberg im Jahre 1536 gehört hatte. „Es hat mir Eure heutige Predigt gar wohl gefallen," redete er ihn über Tisch an, „doch bin ich viel ein besserer Prediger als Ihr." „Ja," sagte Bußer, „dies Zeugniß geben Euch alle diejenigen, so Euch gehört haben, und muß Jedermann Euere Predigten loben." — „Nicht also, Ihr sollt mir's nicht als Ruhm auslegen, denn ich erkenne meine Schwachheit, und weiß keine so scharfsinnige und gelehrte Predigt zu thun wie Ihr, aber wenn ich auf die Kanzel trete, so sehe ich, was ich für Zuhörer habe, was sie verstehen können, denn die meisten unter ihnen sind nur Laien und schlechte Wenden. Ihr aber suchet Euere

Predigt gar zu hoch und schwebet in Lüften, (und auf die oberländische Aussprache der Elsässer anspielend) im Gaischt, Gaischt. Darum gehören Euere Predigten nur für die Gelehrten, die können meine Landsleute allhie, die Wenden, nicht verstehen."

Butzer war eher zum akademischen Lehrer als zum volksthümlichen Prediger geschaffen. Von ihm rühmt Johannes Sturm: „er war Meister in der dialektischen Kunst und wußte besonders durch philosophische Beweise auf seine Zuhörer Eindruck zu machen."[40] „Wir ertheilen dir die Palme unter den Schriftauslegern," sagt ein Anderer.[41] In der That gehören die Kommentare Butzers über die Psalmen zu den bedeutendsten Leistungen der Reformationszeit auf diesem Gebiet. In Bezug auf die Erklärung des Neuen Testaments bekennt Calvin ohne weiteres, sein Schüler zu sein: „In der Auslegung der drei ersten Evangelien," sagt er, „bin ich vornehmlich Butzer, diesem vortrefflichen Doktor des Reiches Gottes gefolgt, welcher in diesem Punkt viel geleistet hat. Da, wo ich an einigen Stellen einer andern Ansicht bin, würde er selbst, wenn er noch lebte, es mir nicht übelnehmen."

Nicht minder ehrend ist ein anderes Zeugniß des großen Genfer Gottesgelehrten: „Obgleich Butzer mit einer besonderen Einsicht und Schärfe des Urtheils begabt ist, so ist doch keiner, welcher so wie er dahin arbeitet, sich in der Einfalt des Wortes Gottes zu halten und die Spitzfindigkeiten, die von ihm ableiten, ich will nicht sagen, weniger aufsucht, sondern mehr haßt."[42]

Butzer zeichnete sich als Schriftsteller aus, nicht blos durch seine große Fruchtbarkeit, worin ein Luther ihm kaum gleich kommt, sondern auch durch die vorzügliche

Anordnung des Stoffes so wie durch den Styl — lateinisch schrieb er rein und elegant, das Deutsche oft weitschweifig, aber auch wieder kernhaft, klar und farbenreich — vor allem aber durch die Tiefe und den Reichthum der Gedanken.

Wir lassen eine Reihe von allgemein verständlichen Aussprüchen aus seinen Schriften folgen, in denen Manchen auffallen mag, daß die Dogmatik in den Hintergrund tritt. Das eigentliche Wesen des Christenthums bestand eben für Martin Butzer, wie für die Straßburger Theologen seiner Zeit, nicht in einer vermeintlichen Rechtgläubigkeit, sondern in dem inneren gottseligen Leben und in dem durch die Liebe thätigen Glauben, der vertrauensvollen Hingabe an den himmlischen Vater durch Christum. Seine theologischen Ansichten weichen in keinem Hauptpunkte von der kirchlichen Lehre der Reformatoren ab; allein, jedem Buchstabendienst abgeneigt, drang Butzer vor allem auf die sittliche Bethätigung der Grundsätze des Evangeliums und auf ihre Verwerthung im Leben. Doch der Leser möge selber urtheilen.

Es liegt nit dran, daß wir Christen heißen, sondern daß wir's seien.[43]

Ein Christ hat nur zwei oberste Grundsätze, nach denen alles sein Thun und Lassen sich richtet: die Ehre Gottes und die Liebe des Nächsten. Beides zu erfüllen hat er nur eine Lehrerin und Regel: die heil. Schrift in ihren klaren Aussprüchen, welche den Willen Gottes verkündigen, und denen alle anderen Satzungen menschlicher Autorität, menschlichen Gebrauchs und Herkommens unbedingt unterworfen sind. Was ihnen zuwider ist, muß weichen und fallen.[43]

Alle meine Predigt und Lehre steht, laut der heiligen

Schrift, darauf und wird darauf stehen: daß wir von Gott durch den Glauben, ohne Verdienst, alle Dinge begehren und empfahen, und durch die Liebe gleicherweis dem Nächsten mit allem von Gott empfangenen Gut dienen sollen, ohne Hoffnung der Vergeltung und des Dankes. 44

Wer giebt uns solches Fühlen unserer Sünden, Kummer und Beschwerden des Herzens? Allein der Herr durch seinen Geist und Gesetz. Den müssen wir treulich bitten, daß er uns ja gründlich zu erkennen und zu bedenken gebe, daß er allein Alles ist, thut und giebt, und daß wir ja keinen Augenblick etwas sind, haben oder genießen mögen, denn allein durch seine einige Gnad und Barmherzigkeit in Christo. 21

Alle Gläubigen können und sollen alle Ding, so den Glauben und Gottesdienst belangen, erkennen, erörtern und urtheilen. 43

Der Gerechte lebt seines Glaubens und keines anderen. Es muß jeder für sich selbst alles bewähren und das annehmen, was er erkennen mag Gottes Willen sein, sonst wäre man Menschen- und nicht Gottesgläubig. 16

Wir sind Gott- und Christgläubig, nicht Kirchgläubig. 18

Wo man das Wort Gottes lauter prediget und gern höret, da man Christo unterthänig ist, da man Christum erkennt als ein Haupt, da glaube ein jeder, daß eine Kirche sey. 18

Das Ende aller Kirchenübung ist Erbauung des Glaubens an Christum. 24

Die Sakramente sind heilige Uebungen und Handlungen der Kirche Christi, in welchen uns durch die Wort und Zeichen, vom Herrn dazu verordnet, die Erlösung und Gemeinschaft unseres Herrn Jesu Christi dargegeben und mitgetheilt wird. Das ist also unsere Art, was wir einander herzlich versprechen und versichern wollen, daß wir dasselbig nit allein mit Worten, sondern auch mit äußern Geberden und Zeichen thun. 13

Den Geist Gottes, um die heilige Schrift zu verstehen, so weit es zum Glauben und zur Seligkeit nothwendig ist, haben alle Menschen, die Gott mit Ernst darum anflehen.⁴⁴

Der Schuhmacher und Schneider soll auch in seinem Schuh- und Kleidermachen auf Heiligung des göttlichen Namens und Förderung des Reiches Christi sehen.¹⁶

Das ist der beste und vollkommenste Stand auf Erden und seligest, in dem einer seinem Nächsten zum nützlichsten und fürderlichsten dienen mag.⁴⁵

Die Oberen, die vor und über allen anderen Menschen sind, sollen das Werk Gottes und Christi immer suchen, und seligmachen was verloren ist, auch vor allen anderen beweisen und üben.⁴⁶

So steht uns zu, die wir Diener sind des Geistes, und sollen es stets lehren, daß der Geist lebendig mache und das Fleisch kein nütz sey, daß wir die Leute von allen leiblichen Dingen zu rechtem Glauben und Lieb des Geistes führen.⁴³

Es prangen die wahren Heiligen nicht mit ihrer Heiligkeit, sondern je mehr sie deren haben, je mehr sie sich ihres Mangels beklagen.⁴⁷

Eine Frömmigkeit, die ein Ende hat, ist nicht die wahre Frömmigkeit, deßwegen auch ist ein Glaube, der ein Ende hat, nicht der wahre Glaube.⁴⁸

Wahren Christen steht im Handel Gottes allezeit zu, vorwärts und nit zurück zu schreiten, in allem Guten zu- und nit abzunehmen.⁴⁹

Die Liebe ist des Gesetzes Erfüllung, und die Söhne der Wahrheit vertheidigen die Wahrheit durch die Wahrheit.⁵⁰

Das letzte Ziel besteht darin, daß Christus herrsche, und daß wir ihm ganz ergeben seien. Alles was nicht auf dieses Ziel sich richtet noch dasselbe fördert, verurtheilen wir.⁵¹

Möchte der fromme und freie, tiefe und zugleich stets auf das Praktische gerichtete, wahrhaft christliche Geist, von dem jedes dieser Worte zeugt, uns Alle erfüllen und beseelen.

X.

Butzer im Familien- und Freundeskreis.

Ehe wir die ferneren Schicksale Butzers verfolgen, verweilen wir einen Augenblick an seinem häuslichen Herd, im Familien- und Freundeskreise. Auch hier, wie in seinem öffentlichen Leben, handelt er nach der apostolischen Mahnung: Ein Jeglicher von uns lebe dem Nächsten zu Gefallen, zu seinem Besten, zur Erbauung. (Röm. 15, 2.)

Er wohnte, als Dechant des St. Thomas-Stiftes, im alten geräumigen, in der Nähe der Kirche und der Hörsäle gelegenen Dechaneihof, heute das Stiftshaus Thomasgasse 15, (Ecke der Münzgasse), das eben in diesen Tagen aufs geschmackvollste restauriert worden ist.[52]

An zwanzig Jahre stand ihm seine Gattin Elisabeth Silbereisen treu zur Seite: „Durch ihre Gottseligkeit und Arbeitsseligkeit, bekannte er von ihr, bin ich in meinem Dienst merklich gefördert und aller Hausjorge und zeitlicher Geschäfte enthoben worden." Mit Fug und Recht konnten die verheiratheten Prädikanten, zur Rechtfertigung ihrer Ehe, sich in einer öffentlichen Schrift auf Butzers eheliches Glück berufen. Elisabeth gebar ihm dreizehn Kinder, von denen fast alle in zartem Alter starben. Sie selbst erlag mit fünf derselben im Monat November 1541 der damals in Straßburg wüthenden Pest; sie hatte aus Liebe zu ihrem Mann die Stadt nicht verlassen wollen.

Zu derselben Zeit war Capito von der tödtlichen Seuche ergriffen worden. Noch eine Viertelstunde vor seinem Ende schrieb er an Butzer einige Zeilen, in denen er ihn bat, die Gattin, die er hinterlassen würde, als aus seiner Hand anzunehmen, damit sie und ihre vier Kinder wieder einen Vater fänden. „Wie konnte ich anders als des sterbenden Freundes Stimme ehren!" sagte Butzer, als er ein Jahr später die Wittwe Capito's, Wibrandis Rosenblatt, heirathete. Sie war von Geburt eine Baslerin, die Schwester des Colmarer Münzmeisters Adelberg Rosenblatt. Auch von ihr konnte Butzer bezeugen, „der Herr habe ihm durch sie einen herrlichen Beistand in seinen Sorgen und Arbeiten gegeben."

Nach seiner zweiten Verheirathung nahm Martin Butzer seinen Vater und die Stiefmutter zu sich: die eigene Mutter war früh gestorben. Da aber die alten Leute lieber für sich sein wollten „wegen des täglichen Ueberfalls und der Unruhe" in der Wohnung des Sohnes, und weil dieselbe zur Ausübung des Küblerhandwerks unbequem war, so gab er ihnen zu ihrer Haushaltung in der Stadt eine Beisteuer. Als mit dem Alter die Gebrechen bei ihnen zunahmen, verhalf er ihnen auf ihre Bitte zu einer Pfründe im Spital, wozu er jährlich Geldbeiträge spendete, „denn sie waren nicht unter den Armen, sondern in ihrem eigenen Gemach, wo sie ihre Unterhaltung hatten."

Es versteht sich von selbst, daß der Mann, der Anderen die Abhaltung eines Hausgottesdienstes[58] empfahl, selbst mit gutem Beispiel vorangieng. Mit

Gebet und Andacht wurde der Tag begonnen. Vor und nach dem Essen wurden Stellen aus der hl. Schrift vorgelesen, an die sich fromme Gespräche anknüpften.

Butzer stand seinem Haus aufs Trefflichste vor. Einer seiner Hausgenossen, Peter Martyr, rühmt, es habe sich ihm, während einer Anwesenheit von vierzehn Tagen, nicht die geringste Mißhelligkeit, sondern stets nur das erbaulichste Familienleben dargeboten. Die Kinder waren wohl erzogen. In welch herzlichem Ton ermahnt Butzer seinen zwanzigjährigen Sohn Nathanael (welcher, schwachsinnig, Gerber und später Sigrist an der Alt St. Peterskirche wurde): „Ich weiß leider deine Schwachheit an Leib und Gemüth wohl, so schreibt er, und habe wahrlich ein väterlich Mitleid mit dir. Und dennoch hat dir der Herr, etwas zu lernen und zu thun, die Maße seiner Gnad gegeben; die verleugne nicht, ja erwecke sie in dir durch wahres gläubiges Gebet, durch fleißiges Hören und Lesen Gottes Wortes und Halten zu den Gottesfürchtigen, und ohne Unterlaß übe dich in dem Katechismus und lerne den gekreuzigten Heiland Jesum Christum immer besser erkennen und in ihm suchen allen Nutz, Trost und Lust..."

An Heimsuchungen aller Art fehlte es ihm freilich nicht, aber sein Gottvertrauen half ihm auch das Schwerste, wie z. B. den Verlust lieber Angehöriger, mit christlicher Ergebung tragen. „Wir haben ein kleines Kreuzlein empfangen, so schreibt er, der Herr hat uns unsere jüngste Tochter Irene, gar ein hübsch, lieblich, verständig Kindlein (so dünkt uns Eltern), zu sich genommen. Ihm sei Lob und geb uns die Kraft, daß es zu unserer Seele Heil gereiche." Beim Absterben eines anderen Töchterleins bat er, von Bonn aus, seinen getreuen Hubert zur heimgesuchten Mutter zu eilen und sie zu trösten. Den eigenen Schmerz dem Freunde anvertrauend, fügt er hinzu: „Du weißt nicht, wie schwer es fällt, Kinder zu verlieren. Ach! Wie sehr wünschte ich, alle die meinen noch zu haben! Doch, Herr Jesus, du weißt was uns gut ist." Von der innigen Zärtlichkeit, mit welcher er an den Seinen hieng, zeugt auch sein Unmuth, als er einmal längere Zeit ohne Nachricht von zu Haus geblieben war: „Ach, mein Bruder, ich bin ein Mensch und muß die Meinigen lieben! Und was die wahre Liebe mit sich bringt, weißt du selbst. Ich leide hier nicht wenig, aber man braucht mir die Last nicht zu verdoppeln."[54]

Nahrungssorgen blieben dem Butzer'schen Haus, namentlich in früheren Jahren, nicht erspart. Der Mann kannte ja keinen Ueberfluß, der von sich bezeugt: „Drei Gulden wöchentlich, von welchen ich nebst Weib und Kind leben mußte, das war unser Reichthum." Wohl kamen hochherzige Gönner ihm manchmal mit Gaben zu Hülfe. So schickte der Landgraf von Hessen den Kindern Butzers 100 Goldgulden, „eine Summe, schreibt dieser, die nicht zum Schmuck, sondern zur Nothdurft behalten werden sollte, so der Herr will, der mir ein Söhnlein mit zwei Töchtern schon bei ihm versorgt hat, mit der Mutter."

Nichtsdestoweniger bleibt es unbegreiflich, wie er, auch bei der einfachsten Lebensweise und allem haushälterischen Sinne, die Wohlthätigkeit und die Gastfreundschaft in einem so ausgedehnten Maße ausüben konnte.

Kein Armer klopfte vergebens an Butzers Pforte an, und sie waren zahlreich, die da anklopften. Pflegten doch, wie noch heute, die Bedürftigen, bei ihrer Ankunft in

Flüchtlingen aus aller Herren Ländern, die er kürzere oder längere Zeit beherbergte, Männer wie der Schweizer Reformator Farel, Calvin, den Butzer selber „zu einer bescheidenen, aber nützlichen Thätigkeit" nach Straßburg gerufen hatte, der Engländer und nachmalige Bischof von London, Edmund Grindall, Johannes Sturm, der deutsche Pfarrer Hardenberg und andere. Peter Martyr, auch einer derselben, schrieb an ihn: „Was ich von äußeren Vortheilen genossen, meine Anstellung, ja alles was ich geworden bin, verdanke ich, zunächst Gott, deinem Wohlwollen."

Diejenigen, die unserem Reformator in dieser Weise näher getreten waren oder zu seinem engeren Freundeskreis gehörten, in erster Reihe die Straßburger Kollegen, sodann, unter Auswärtigen, die beiden Blaurer, Melanchthon, und ganz besonders Zwingli, der nach seinem Tod noch in ihm einen treuen Anwalt und Vertheidiger seines Gedächtnisses fand,[56] sie alle durften erfahren, wie fest man auf ihn bauen konnte, und daß es keine leere Redensart war, als er einmal versicherte, „bei uns ist der Brauch, was man verheißt, das leistet man auch völlig."

Ein eigenthümlicher Zug seines Charakters war, daß er gern Ehen stiftete. Ihr häusliches Glück verdankten ihm, unter Anderen, Capito, für welchen er an mancher Thüre anklopfte, bis er ihm Wibrandis Rosenblatt (Oekolampads Wittwe) zuführte, sodann Calvin, den er auf die feingebildete und fromme Idelette von Büren aufmerksam machte, und endlich Conrad Hubert, dem er ebenfalls zur „Veränderung", d. h. zum Eintritt in den Ehestand väterlich verhalf. „Hie sehet Ihr, daß unglückhafte Leute anderen auch gern in's Unglück helfen",[57] so schrieb er scherzend an Margaretha Blaurer.

Mit dieser edelmüthigen Konstanzer Jungfrau, der „ersten Diakonissin der evangelischen Kirche", die ihr Leben den Armen und den Kranken widmete, unterhielt Butzer ein edles einzigartiges Freundschaftsverhältniß. Er nannte sie seine „Schwester, Tochter, Mutter, Perle". Sie selbst, um ihm Freude zu machen, erlernte noch in vorgerücktem Alter die lateinische Sprache und korrespondierte mit ihm meistens in derselben. Der zwischen den beiden geführte umfangreiche Briefwechsel ist noch vorhanden. Er enthält neben langen theologischen Auseinandersetzungen und der Besprechung der allerwichtigsten Zeitfragen, harmlose Notizen über geringfügige Familien= und Haushaltungsangelegenheiten.

Wenn wir tiefer in den Charakter dieser gottbegnadeten Persönlichkeit eindringen, so erklärt sich auf die einfachste Weise der Zauber, den Butzer auf so namhafte und treffliche Persönlichkeiten aus den verschiedensten Ständen ausübte. Er besaß eben in hohem Grade die Eigenschaften, die nöthig sind, um Freunde zu gewinnen und zu erhalten.

Wir denken zunächst an seine Bescheidenheit; so bezeugt, mit einem kleinen Seitenhieb auf Luther, Ambrosius Blaurer von ihm: „Butzer ist weit entfernt von irgend welchem Ehrgeiz und Hochmuth, wie sehr auch einige andere sich für Götter halten." [58] Butzer wies jedes Lob von sich, und als Blaurer sich einmal, in seiner Korrespondenz, sehr schmeichelhaft über ihn geäußert hatte, bat er ihn, „ihm doch in seinen Briefen keine so großen Lobsprüche mehr zu spenden, durch die er ihn fast zu einem Gott mache, da er diese Briefe ihres Inhalts wegen oftmals seinen Amtsbrüdern zeigen müsse." 59 „Ich begehre weder Gunst noch Lob von Jemand, will auch nit für gelehrt geachtet sein. Möchten wir Jesum Christum den Gekreuzigten lernen, hätten wir Kunst genug." 18

Diese ungekünstelte Bescheidenheit den Menschen gegenüber wurzelte in einer tiefen Demuth vor Gott. „Leider fehlet mir viel, bekennt er, in dem, daß ich meinen Dienst nit so eifrig und ordentlich verrichte und mein Leben zu demselben nit so gänzlich anschicke und vollbringe, als ich sollte", 21 und: „O daß ich doch ein wenig meinem Herrn und Erlöser möchte nachfolgen und deß dankbar sein, der ich doch nichts bin, nichts kann, noch vermag! Alles habe ich durch ihn, aus Gnaden des Vaters." 45

Streng im Urtheil über sich selbst, mild und nachsichtsvoll gegen andere, stets bereit, alles zum Besten zu kehren, wußte er ohne Neid fremdes Verdienst ganz und voll zu würdigen. Um das Lob von sich abzuwenden, sagte er: „Capito ist es, der hier das Schifflein Christi führt."

So hat er auch unsrem Luther, obgleich derselbe ihm, wegen des Abendmahlsstreites, nicht immer gewogen war, seine vollste Anerkennung zu Theil werden lassen. Er nennt ihn „das kräftigste und heiligste Werkzeug des Evangeliums", ...„es habe Gott keinem andern Sterblichen einen gewaltigeren Geist und mehr göttliche Kraft zur Predigt seines Sohnes, zur Besiegung des Antichrists verliehen." 60

Dem gewaltigen Manne gegenüber wußte er jedoch immer mit aller Entschiedenheit seine Selbständigkeit zu wahren. „Der Luther ist uns groß, sagte er, und mehr denn groß, hat aber Petrus also struchen (straucheln) können, daß ihn Paulus vor Allen strafen mußte, es mag wahrlich dem Luther auch geschehen." "Wir werfen Luther nit für unsren Meister auf, denn wir können in keines andren Meisters Lehre schwören als des einzigen Christus... Für unsern eigenen, persönlichen Glauben müssen wir einst antworten, und nicht für den Glauben Luthers oder sonst eines noch so angesehenen Lehrers.... In Glaubenssachen sollen wir selbst nicht auf einen Engel vom Himmel hören, sondern allein auf das ewige Gotteswort."61

Martin Butzer kannte weder Menschenfurcht noch Menschengefälligkeit. Es kann ihm freilich, so wenig als Luther, der Vorwurf erspart bleiben, daß er sich bewegen ließ, das Gutachten zu Gunsten der Doppelehe des Landgrafen von Hessen zu unterschreiben. Die großen Bedenken, die er längere Zeit gegen dieselbe hegte, wurden nur durch die Angst überwunden, im Landgrafen, durch eine Verurtheilung seines Schrittes, die unentbehrliche Stütze des Protestantismus, zu verlieren.

Shakespeare sagt: Der ist ein guter Prediger, der seinen eigenen Lehren folgt. Der Mann, der, wie wir gesehen haben, einer seiner Schriften den Titel gab: "Daß sich niemand selbst, sondern anderen leben soll", blieb in seinem ganzen Leben diesem Grundsatz treu. Niemals suchte er seinen persönlichen Vortheil, vielmehr hat er mehr als einmal "einen reichlicheren und ruhigeren Dienst an andren Orten" und glänzende Stellen, die ihm im Papstthum angeboten wurden, abgeschlagen. Er konnte an Philipp von Hessen schreiben: "Gott weiß, daß ich Eurer fürstlichen Gnad noch irgend einem Herrn in göttlicher Sache nie um eigenes Gewinnes willen gedienet hab; wo ich der Kirche und auch Einzelnen dienen kann, zu Förderung ihres Heils, da bin ich bereit zu thun, was ich schuldig bin, und wozu mir Gott die Kraft verleiht. Das Amt ist mir aufgelegt, weh mir, wenn ich sein nicht warte mit allem Fleiß. Mein Lohn ist der: daß meine Arbeit fruchtbar gewesen sei." [62]

Mit außerordentlicher Arbeitskraft ausgerüstet, war Butzer unermüdlich in seinem Wirken, und in dieser Beziehung kann er einem Luther und einem Calvin zur Seite gestellt werden. Peter Martyr erzählt uns: „Immer sah ich ihn beschäftigt, nicht allein in eigenen Angelegenheiten, sondern in gemeinnützigen, mit Predigen, mit dem Kirchendienst und der Seelsorge, mit Besuchung der Schulanstalten, mit Gängen auf die Kanzlei. Wenn ich Nachts vom Schlaf aufstand, fand ich ihn noch wachend, entweder beim Studieren oder sich auf seine Reden vorbereitend."

Als Gesandter der Stadt oder im Auftrage seiner Amtsbrüder mußte Butzer viele Reisen unternehmen, und er hat wohl die Hälfte seines späteren Lebens auf Kolloquien, Konventen, Reichstagen zugebracht. Aber selbst auf diesen Reisen hat er seine Studien fortgesetzt, Bücher geschrieben, seine weitläufige Korrespondenz besorgt. Wie sehr er die Zeit auszunützen wußte, beweist der Umstand, daß er selbst beim Haarschneiden fleißig Schriften las oder Briefe diktierte, und in einem freien Augenblick während einer Kirchenvisitation in Eckbolsheim den Boten aus der Schweiz abfertigte.

Er brauchte fast immer zwei Schreiber, doch warf er an einem Tage so viel auf das Papier, daß auch diese ihre Arbeit nicht überwältigen konnten. Kein Wunder, daß sich dabei seine in früheren Zeiten noch wohl leserliche Handschrift dermaßen unter dieser Eilfertigkeit verschlechterte, daß man sagen konnte: Butzers Briefe bedürfen nicht des Lesens, sondern des Errathens, und daß selbst die Konstanzer Freundin Margaretha erklärte, nichts mehr von ihm lesen zu wollen, wenn er sich nicht befleißigte, besser zu schreiben.

Diese Vielgeschäftigkeit und Zersplitterung hatte auch ihre Nachtheile. Butzer fühlte, daß es ihm oft an Sammlung und stillen Stunden gebreche. Allein er konnte es nicht lassen: „Geschäftig sein ohne Ausruhen, ist mein Gebresten", sagte er von sich. 63

Der schädliche Einfluß der Ueberanstrengung auf die Gesundheit Butzers blieb nicht aus. Wie besorgt ist ein ihm befreundeter Arzt: „Der gute Mann arbeitet zu viel, ich hab' Angst, bei seinem Schwindel möchte die Fülle der Arbeit nichts Gutes anrichten, und sollt' er uns genommen werden, wäre wahrlich mehr verloren, als wenn irgend welcher unter allen Gelehrten abgienge." „Er wird sich, wenn Gott nicht sonder Gnad' giebt, zu Tod arbeiten." 64

Daß Butzer es dennoch so lange aushielt, verdankte er nur seiner starken Konstitution. In späteren Jahren pflegte er eine Badekur, besonders in Wildbad, zu gebrauchen.

Er war klein von Gestalt, „ein Mann groß an Geist, aber ein Zachäus an Körperbau, der aber seinen Widersacher Murner als einen langen Philister mit der Schleuder der heiligen Schrift zu Boden geworfen hat." 65

Das dieser Schrift beigegebene Bild, die Wiedergabe eines Straßburger Holzschnittes, zeigt uns auf kurzem Hals einen mächtigen Kopf mit stark ausgeprägten, ernsten Zügen. Der Mund ist klein, die Nase stark und gebogen. Augenzeugen berichten, daß seine im Zorn blitzenden Augen und die hohe, in Falten sich zusammenziehende Stirne die Frechsten einschüchterte, und auch „sein ganzes Antlitz zu erkennen gab, welch hohen Verstandes er gewesen, denn auch das Aeußere thue die angeborene Art frommer Leute kund." Wir dürfen daraus schließen, daß die ganze Erscheinung Butzers, der Statur zu Trotz, eine imponierende war.

XI.

Butzers Abschied von Straßburg.

Martin Butzer hatte des Tages Last und Hitze getragen, und als nun der Abend sich neigte, da wurden die Schatten immer länger und dunkler.

Manchen treuen und tüchtigen Mitarbeiter sah er von seiner Seite scheiden. Am letzten Sonntag im Februar 1546 mußte er seinen Zuhörern im Münster den Tod Luthers ankündigen. Zwei Jahre später ward ihm die traurige Pflicht, dem treuen Vater Zell, der ihm, in schwerer Drangsalsstunde, Haus und Herz geöffnet und ihm zu seiner Lebensstellung und gesegneten Wirksamkeit verholfen hatte, das letzte Lebewohl nachzurufen.

Wie andere Reformatoren, erfuhr auch Butzer manche Enttäuschung. Er hatte einst im Feuereifer der Jugend sich vorgenommen, das Reich Gottes in Straßburg zu verwirklichen, und er mußte klagen: „Ich bekenne, daß wir des Orts das vorgesetzte Ziel in der Gemeinschaft und gemeinen Besserung des Leibes Christi nicht erlangt haben." Freilich durfte er hinzufügen: „Wir streben diesem Ziele nach, so viel Gott einem jeden Gnad verleiht, und Gott Lob, nicht ohne Frucht bei vielen lieben Christen."²² Als aber in den vierziger Jahren Abgeordnete der mährischen Brüder ihn besuchten und ihm die Sittenreinheit ihrer Gemeinden schilderten, konnte er sich der Thränen nicht erwehren im Hinblick auf die Stadt, für die er willig sein Herzblut vergossen hätte.

Am Abend ist es nicht allein kühl, — der Mensch fühlt sich einsam in der Welt. Dieses bittere Gefühl blieb ihm nicht erspart, als er mehrere Kanzeln der Stadt mit Leuten besetzt sah, die einen andern Geist, als die ersten Väter der Straßburger Reformation, hatten. Jeder freiern Regung abhold, auf das Wort des Meisters in Wittenberg schwörend, glaubten diese Eiferer, das Heil der Kirche nicht ohne Glaubenszwang und starre Formeln fördern zu können. Ueber den einen derselben, Johann Marbach, den er selber nach Straßburg berufen hatte, äußerte sich Butzer: „Das ist ein übermüthiger Theolog, er wird der Kirche viel schaden; es wird nicht lange dauern, so wird er das verwirren, was wir hier aufgebaut haben".⁶⁶ Nichtsdestoweniger bewahrte er ihm seine väterliche Freundschaft bis an's Ende, aber die Zukunft sollte lehren, wie sehr seine Befürchtungen begründet gewesen.

Von einer andern Seite noch stiegen drohende Gewitterwolken auf. Der zwischen dem Kaiser und den evangelischen Reichsständen Deutschlands ausgebrochene Schmalkaldische Krieg, den zu verhindern Butzer alle Kräfte angestrengt hatte, war durch die Niederlage der Letztern bei Mühlberg (1547) entschieden worden. Nun dachte der Sieger dem konfessionellen Zwiespalt ein Ende zu machen; bis aber Mittel und Wege dazu gefunden, sollte ein auf dem Reichstag zu Augsburg (1548) verfaßtes Reichsgesetz, das „Interim" (d. h. unterdessen), eine für

Protestanten und Katholiken gemeinsame Religionsform einführen und den katholischen Gottesdienst, da wo er abgeschafft, wieder herstellen. Dieses Ziel glaubte Karl V. leichter erreichen zu können, wenn einflußreiche protestantische Theologen die Hand dazu bieten würden, und gerade auf Butzers Zustimmung legte er großes Gewicht. Er beschied ihn im September 1548 nach Augsburg. „Es ist für uns die Zeit der Prüfung gekommen", sagte Butzer, und machte sich auf den Weg, nicht ohne sein Testament niedergeschrieben zu haben; was er zu thun hatte und was ihn erwartete, stand ihm klar vor der Seele. „Protestieren wider ihrer Majestät Gebote, die gegen die wahre christliche Religion ergangen waren, und wodurch die papistischen Irrthümer gelehrt und befestigt würden", das war sein fester Entschluß: „Der Herr gebe den Seinen einzusehen, wie viel besser es sei mit Christo alles verlieren, hier und in Zukunft." Weder die katholischerseits versuchte Bestechung, noch die Drohung mit dem Scheiterhaufen vermochte ihn zum Wanken zu bringen. „Der alt' böse Feind mit Ernst er's jetzt meint." Wahrlich, dieses Lutherwort sollte Butzer jetzt mehr als je erfahren. Aber eben so entschieden wie der Held von Worms sich geweigert hatte zu widerrufen, weigerte sich nun der Straßburger Reformator das Interim zu unterschreiben.

Seine Mannespflicht war erfüllt; aber schon waren auch Befehle gegeben, ihn zu verhaften. Schleunigst verließ er Augsburg und eilte durch das von Spaniern besetzte Württembergische Gebiet nach Straßburg.

Hier fand er den Magistrat in größter Besorgniß: sollte die Stadt das Interim annehmen, oder konnte sie es wagen, alleinstehend, der stärkeren Macht sich zu wider-

sich vom Fischerstaden lösen: er trug Butzer, Fagius, den jungen Negelin, den nachherigen Pfarrer von St. Wilhelm, den französischen Prediger Valerand Poulain, der als Dolmetscher dienen sollte, und einen englischen Diener. Gleich Geächteten verließen sie die Stadt. Nach einer kurzen Fahrt fanden sie bestellte Pferde, und unter größter Vorsicht, um den kaiserlichen Soldaten zu entgehen, ritten sie durchs Land bis nach H e i l i g e n stein. Von da gieng es über das Gebirg auf einsamen Pfaden. Ein letztes Mal mag Butzer auf den Höhen der Vogesen seinen Blick über die Ebene nach seinem Geburtsort und dem Straßburger Münster gerichtet und dann mit einem „Gott befohlen!" sein liebes Heimathland verlassen haben.

So rasch wie möglich durcheilten sie Lothringen und glaubten sich erst in Frankreich außer Gefahr. Zwölf Tage nach ihrem Weggang von Straßburg, treffen wir sie in der ersten englischen Stadt, Calais, woselbst sie durch eine Deputation der Bürger begrüßt und durch Gesandte des Erzbischofs von Canterbury abgeholt wurden. Vor der damals nicht gefahrlosen Ueberfahrt schickten sie noch Briefe und Grüße in die alte Heimath.

Daselbst war Trauer und Wehklagen „unter vielen Frommen". „Die Entfernung Butzers war der härteste Schlag für uns," schrieb der Schulrektor Sturm nach Dänemark, das ebenfalls einen Ruf an Butzer erlassen hatte, „wir können es nur mit dem tiefsten Schmerze beklagen, daß der Mann, welcher mit unter den Ersten war, die hier die wahre Religion und Lehre des Evangeliums begründet haben, der Haupturheber und Begründer unserer gelehrten Schule, so hat von uns scheiden müssen, und es ist uns, als ob Religion und Frömmigkeit mit ihm dahingegangen wären. In dieser Trauer gereicht es uns gewissermaßen noch zum Trost, daß der Rath, welcher ihn entlassen, nicht minder schmerzlich den Verlust empfindet, als wir selbst, und daß man jetzt, da er weg ist, ihn mehr vermißt, und die Liebe, die man zu ihm trug, sich größer offenbart, als sie während seiner persönlichen Anwesenheit zu sein schien. Auch thut es unsern Herzen wohl, daß er von so vielen Seiten begehrt und eingeladen worden, und wir trösten uns, ihn an einem Ort zu wissen, wo die Ernte für das Evangelium groß und ein solcher Arbeiter wie Butzer vor allen Dingen von Nöthen ist."

XII.

Butzer in England. — Tod und Schicksale nach dem Tod.

"Viel Ehre und Freundschaft, wenig Trost", so überschreibt in seiner klassischen Biographie Butzers mein unvergeßlicher Lehrer, Professor Baum, den Abschnitt über dessen Aufenthalt in England; wir können hinzufügen: auch viel Arbeit.

Als „theure Brüder" wurden Butzer und Fagius im erzbischöflichen Palast zu London aufgenommen und bald darauf von Eduard VI. empfangen, der ihnen unzweideutige Beweise seiner königlichen Gunst gab. Es wurde unserm Reformator ein schöner Gehalt und eine sorgenfreie Stellung zugesichert und die Würde eines Doktors der Theologie Ehren halber verliehen. Es war das erste Mal, daß ein solcher Titel also vergeben wurde.

Die Zuversicht, die Sturm in den vorhin angeführten Worten ausgesprochen, erfüllte auch Butzers Herz. Trotzdem er bereits zu altern begann, hoffte Fagius, daß sie beide mit einander „noch etwas Tüchtiges zu Ehren des Namens Gottes und zur Erbauung seiner Kirche leisten könnten. So wird alles gut gehen."

Butzer wirkte als akademischer Lehrer in Cambridge und zog viele Zuhörer an. Nebenbei predigte er vor Gelehrten und Studenten, hielt öffentliche Disputationen mit Papisten, entwarf eine Liturgie, organisierte die Londoner Flüchtlingsgemeinde und begann sogar eine Uebersetzung der Bibel aus dem Urtext ins Lateinische, mit kurzen Erläuterungen und übersichtlicher Inhaltsangabe der einzelnen Theile. Dies erste Bibelwerk sollte von Anderen „zum Nutzen der Prediger und des Volkes in die englische Sprache übertragen werden." Von dem König aufgefordert, schrieb Butzer endlich das Buch „vom Reiche Christi", worin er zeigte, wie der christliche Geist Kirche, Staat und Schule und alle Lebensverhältnisse durchdringen und gestalten solle. Es war, wie Baum treffend sagt, sein Schwanengesang.

Auch auf fremdem Boden und unter ganz neuen Verhältnissen blieb Martin Butzer der unermüdliche Arbeiter im Weinberg des Herrn. Es wurde ihm nicht leicht: Alles, die Sprache, die Sitten, das Klima, selbst die Speisung („immer Fleisch und Fleisch, und nur selten Wein"), war ihm ja ungewöhnt. Ein alter Baum läßt sich nicht leicht versetzen. Bald stellten sich in Folge des feuchten Klimas, der schwereren Kost und der anstrengenden Arbeit Beschwerden, Magenschmerzen, Schwindel und Wechselfieber bei ihm ein.

Hiezu kam das Heimweh: „Ach, wie hat er," schreibt sein alter Bekannter Peter Martyr, „für und für die straßburgische Kirche in seinem Munde gehabt! Was Sorg hat er für sie getragen! Obwohl leiblich getrennt, war er im Geist immer bei ihr. Vergangenen Sommer kam er zu mir hierher nach Oxford und war mein lieber Gast während eilf Tagen. Wie haben wir da unser Herz ausgeschüttet, wie war da von euch Allen die Rede, so daß, während wir so miteinander von euch sprachen, es uns vorkam, wie wenn wir mitten unter euch wären!.." Wahrlich, der Mann hatte sein Elsaß und sein Straßburg von Herzen lieb, und diese Liebe sollten wir ihm nach Jahrhunderten vergelten.

So sehr auch Butzer von den Engländern geachtet und geschätzt wurde, er blieb immer ein Fremder unter Fremdlingen. Wie wohl that es ihm, mit einem Landsmann, seinem Arbeits= und Leidensgenossen Fagius, sich in der Muttersprache unterhalten, deutsche Lieder singen und ein deutsch Vater-Unser beten zu können! Aber auch dieser letzte Trost sollte ihm genommen werden: Fagius ward ihm — ein furchtbarer Schlag! — nach kurzem Krankenlager durch den Tod entrissen.

Schmerzlicher als je empfand er nun das Leben in der Verbannung, im „Elende". Die Nachrichten aus Straßburg waren selten und meist betrübende, sie meldeten z. B. von Hader und Zwist zwischen den Predigern: „Das müssen wir tragen, schrieb er, denn wir haben es verschuldet. Es ist auch wahrlich nicht ein kleines Kreuz, der so lieben Kirchen, Schulen, Kinder, Freunde und seiner eigenen Hausgenossin beraubt sein."

Mit Freude nahm er deßhalb das Anerbieten des

Erzbischofs an, seine Familie nach England kommen zu lassen. Wibrandis und ihre beiden Töchter Agnes und Alithia konnten aber die weite Reise nicht wohl allein unternehmen, man dachte daran, den Frauen einen Geleits= mann in der Person des Schwiegersohns Christoph Söll zu geben. Martin Butzer aber, dem stets das Wohl der Kirche dem eigenen Interesse vorgieng, hatte große Be= denken, Söll von seinem Vikaramt an der Aurelienkirche abzuziehen. „Du kannst nicht heißer wünschen als ich, schrieb er an ihn, daß du bei mir seiest. Ich hätte dich sehr nöthig. Nöthiger aber habe ich die Gnade des Herrn und das Gebet der Kirche. Gegen diese wollen wir uns beide nicht versündigen. Du mußt bleiben, so lange du dein Amt verwalten kannst." Erst als für die Ver= waltung dieses letzteren gesorgt war, willigte er ein, und bald durfte er seine Lieben in die Arme schließen.

Da gab es wieder Sonnenschein im Haus des ge= prüften Mannes, und mit neuem Muth arbeitete er weiter. Doch die Kräfte waren aufgebraucht.

Als der kalte, feuchte Winter, den er so sehr fürchtete, zum zweiten Mal wiederkehrte, befiel ihn ein gefährliches Leiden, das ihn allmählich dem Tod entgegenführte.

Wie sein Leben, so war auch sein Sterben ein er= bauliches.[67]

Die Herzogin von Suffolk war an das Lager des theuern Kranken geeilt, die Pflege desselben mit den Familienangehörigen zu theilen. Wochenlang ertrug er mannhaft die Schmerzen. Als ein Prediger ihm versprach in den Kirchengebeten seiner zu gedenken, sprach Butzer:

„Ja, mein Gott verwirf mich nicht in meinem Alter und wenn ich schwach werde. Der Herr züchtigt mich wohl, aber er verwirft mich nicht. Erbarme dich, mein Gott, deiner armen Kirche." Den Widerwillen gegen Speisen überwand er nur, als man ihm vorhielt, er sei ja nicht ihm selber, sondern Vielen zu nutz geboren. „So will ich denn gehorchen," sprach er. Anwesenden Geistlichen, die ihn mahnten, sich wider des Satans Anfechtung zu stärken, erwiderte er: „Ich habe mit Satan nichts zu schaffen. Ich kenne nur Christum, und das sei fern, daß ich jetzt nicht den allersüßesten Trost meiner Erlösung empfinden sollte," und einem jungen Freund, der ihn daran erinnerte, was er für ein Mann wäre, was er gelehrt hätte, welche Beständigkeit und Gottesfurcht er allewegen an den Tag gelegt, gab er zur Antwort: „Ich will nur den gekreuzigten Christum in meinen Augen behalten."

Die Aerzte hatten befürchtet, daß mit dem abnehmenden Mond auch die Kräfte des Dahinsiechenden abnehmen möchten. Als aber am folgenden Tag eine Besserung eintrat, und man ihm von solcher Besorgniß Mittheilung machte, sprach der freidenkende Mann, drei Finger nach dem Himmel richtend: „Jener regiert und lenkt alles."

Und dieser treue Gott, der ihn sein Lebenlang geleitet, führte ihn, im 60. Lebensjahr, am 28. Februar 1551, zur Seligkeit der Frommen ein.[68]

In einem früheren Testament hatte Martin Butzer angeordnet, daß sein Begräbniß einfach gehalten und die dadurch ersparten Kosten den Armen zu gute kommen sollten. Die Engländer bereiteten ihm aber als „einem Fürsten der Theologen" eine ungewöhnlich glänzende Leichenfeier. Bei drei Tausend Personen aus allen Ständen, Universität, Magistrat, Hofbeamte, Bürger, gaben ihm, unter Thränen und Wehklagen, das Ehrengeleit. Nicht allein Hunderte von Gedichten, die nach damaliger Sitte an den Kirchenthüren und -Wänden, so wie an der Gruft angeheftet wurden, sondern zahlreiche Reden, an zwei Tagen in den Kirchen gehalten, feierten sein Gedächtniß.

In der Leichenpredigt stellte ihn der Orator der Hohenschule auf dieselbe Linie wie die hochberühmten Lehrer und Väter der alten Kirche. „Butzer besaß den Scharfsinn Augustins, die Sprachkenntniß und die Gelehrsamkeit des Hieronymus, die feste Handhabung der Kirchenzucht eines Cyprian, das hohe Ansehen des Ambrosius, die tiefe Wissenschaft des Origenes, die klare Lehrgabe des Chrysostomus und die Frömmigkeit eines heiligen Bernhard." Ansprechender als diese überschwänglichen Ergüsse, und zugleich des bescheidenen Mannes würdiger, lauten die einfachen Worte des Ritters John Checke: „Du weißt, wie dieser treue Kämpfer für das Evangelium nicht für sich selbst gelebt, sondern sich ganz und gar in den Dienst seines Erlösers ergeben hatte."

Die Leiche wurde in der Hauptkirche zu Cambridge beigesetzt.

Im Leben hatte Butzer keine Ruhe gekannt: wie seinem muthigen Vorkämpfer auf englischer Erde, Johann Witlef, gönnte ihm der Fanatismus selbst noch im Grab die Ruhe nicht. Auf den frühen Tod Eduards VI. war in England ein Rückschlag gegen die Reformation eingetreten. Die päpstlichen Inquisitoren hielten ein förmliches Ketzergericht über Butzer so wie über Fagius. Auf Befehl der Königin Maria wurden die Gräber der Beiden aufgebrochen, die Leichen in Armensünderfärge gelegt, diese sodann auf den öffentlichen Platz geschleppt, daselbst an Pfähle angekettet, und nebst einer Anzahl ihrer Bücher, am 6. Februar 1556, verbrannt. Die Hand des Henkers schürte das Feuer.

Die Bauern, die zum Markte kamen, verlachten aber die Thorheit, die sie vor Augen hatten und spotteten: „Wozu die Waffen und Wehr, und die Ketten! Es wäre nicht zu fürchten, daß sie entliefen." Ihr gesunder Sinn traf das Richtige. Die Fesselung und Verbrennung des todten Leibes sollten ein Bild für die Knechtung und Vernichtung der Wahrheit und des Glaubens der beiden Gottesmänner sein. Aber die Wahrheit läßt sich nicht fesseln noch verbrennen!

Die Schmach, die dem Gedächtniß Butzers wie seinen irdischen Ueberresten unter Maria „der Blutigen" angethan worden war, suchte vier Jahre später die protestantische Elisabeth wieder gut zu machen. Sie erneuerte den Gnadenbrief, welcher der Familie Butzers eine Pension und allen seinen Nachkommen das Ehrenbürgerrecht in England auf ewige Zeiten verlieh, ließ das Grabmal des Reformators so wie dasjenige des Fagius wiederherstellen und das „gebenedeite Andenken der beiden theuern Märtyrer" aufs ehrenvollste in den Kirchen feiern.

Jahrhunderte sind seitdem in's Grab gesunken, vieles ist anders geworden: das Bild des elsässischen Reformators steht aber heute noch verklärt vor unsern Augen, und es bleibt bei dem alten Psalmwort (Ps. 112), das der Prediger, bei jener Ehrenrettung in der Kirche von Cambridge, seinem Nachruf zu Grunde legte: Selig ist der Mann, der Gott fürchtet!.. Wohl dem, der barmherzig ist!.. Er wird ewig bleiben, des Gerechten wird nimmermehr vergessen!

Belege

für die wichtigeren Citate und diejenigen, die zum ersten Male hier verwerthet werden.

Die Urkunden ohne besondere Angabe sind sämmtlich als Originale im hiesigen Thomasarchiv und, mit wenigen Ausnahmen, abschriftlich im *Thesaurus Baumianus* (auf der Landes- und Universitätsbibliothek) vorhanden.

[1] Epistola Carri (Martini Buceri Scripta anglic. Bas. 1577. S. 874).

[2] *Dies natalis Buceri, qui erat festus divi Martini.* Epist. dedicatoria C. Huberti (ebendaselbst).

[3] *Martinus Buczer ord. predicatorum de conventu Schleczlatensi ultima Jan. 1517.* (Heidelberger Universitäts-Matrikel.)

[4] Die Depeschen Aleanders. (Schriften des Vereins für Reformationsgeschichte. Halle 1886. S. 119.)

[5] Les collectanées de Specklin, par *R. Reuss*. Strasb. 1890. S. 498.

[6] Supplication der Prediger, um täglich biblische Vorlesungen halten zu dürfen, Dez. 1523.

[7] Commonitio oder Erinnerungsschrift. II, 1581.

[8] Butzer: Ein summarischer Vergriff der Lehre ... 1548.

[9] Loci communes Petri Martyris. Tig. 1587. S. 1071. — *Calvinus Farello*, aug. 1539 (opp. C.).

[10] Acta Synodi 1533.

[11] Siehe hierüber die treffliche Darstellung bei A. Baum: Magistrat und Reformation in Straßburg bis 1529. Straßb. 1887.

¹² Capito: Antwort auf Tregers Vermahnung. 1524.
¹³ Butzer: Der Kürzer Catechismus für die Schüler und andere Kinder zu Straßburg 1534. — Summarischer Vergriff der Lehre... 1548.
¹⁴ *Bucerus Zwinglio.* 29. jan. 1526. (opp. Zwinglii.)
¹⁵ Dr. Sailer an den Landgrafen von Hessen, 11. Nov. 1539
¹⁶ Butzer: Dialogi oder Gespräch von den Kirchenübungen. 1535.
¹⁷ Butzer an den Grafen von Hanau-Lichtenberg, 17. Dez. 1546. (Zeitsch. f. Kirchengesch. 1885, VII. S. 471 ff.)
¹⁸ Butzer: Antwort auf Treger... 1524.
¹⁹ Bierordt: Geschichte der evang. Kirche in Baden. II. Karlsruhe 1856. S. 122.
²⁰ Zell: Christliche Verantwortung. 1523.
²¹ Butzer: Drei Predigten zu Benfeld... 1538.
²² Butzer: Was im Namen des h. Evangelii zu Bonn gelehrt... 1543.
²³ Butzer an Hans von Landschad in Neckarsteinach, 22. Okt. (1526).
²⁴ Butzer: Christliche Vergleichung der Religion. 1545.
²⁵ *Calvinus Farello*, 27. oct. 1539 (opp. Calv.). — Manuel des abus de l'homme ingrat composé par F. M. Lalande avec la copie des lettres de Martin Bucere... Metz 1544.
²⁶ *Hedio Huberto*, 9. jul. 1543. — *Bucerus Huberto*, 16. mart. 1543.
²⁷ Ursprung und Anfang des fünften Wittenbergischen Evangeliums... 1562.
²⁸ *Bucerus Bullingero*, mart. 1535. — *Bucerus Farello*, 26. sept. 1527. (Mss. Zürich.)
²⁹ *Bucerus Margaretae Blaurero*, 18. nov. 1535. — *Bucerus Blaurero*, 19. dec. 1536.
³⁰ Butzer: Alle Handlungen zu Vergleichung der Religion zu Regensburg 1541. — *Bucerus ad pastores arg*, 12. mart. 1546.
³¹ Urteil der Universität und Clerisei zu Cölne von Martin Butzer's Lehrung und Ruffung gen Bonn... Cölln 1543.

⁵⁶ Erichson: Zwingli's Tod und dessen Beurtheilung durch Zeitgenossen. Straßb. 1883.

⁵⁷ Butzer an Margaretha Blaurer, 16. Aug. — 9. Juli 1531.

⁵⁸ Blaurer an seine Schwester, 10. Juni 1533.

⁵⁹ *Bucerus Blaurero*, 11. dec. 1532.

⁶⁰ Butzer an Hardenberg, 10. April 1646. — Butzer aus Coburg an seine Obrigkeit, Sept. 1530. — Butzer: Vergleichung D. Luthers und seines Gegentheils. 1528.

⁶¹ Butzer an Hans von Landschad, 22. Okt. (1526). — Butzer: Antwort auf Treger. 1527. — Praefatio in IV Tomum Postillae Lutheranae. 1527.

⁶² Butzer an den Landgrafen von Hessen, 30. Nov. 1541.

⁶³ *Bucerus Blaurero*, 5. nov. 1533. — 14. jan. 1537. — 8. oct. 1538.

⁶⁴ Dr. Sailer an den Landgrafen, 6. Nov. 1539.

⁶⁵ *Urbanus Regius Capitoni*. 1524.

⁶⁶ Unschuldige Nachrichten. Leipzig 1728. S. 1029.

⁶⁷ Der folgenden Darstellung liegt zu Grunde: Ein wäre histori vom leben, sterben, begrebnuß, anklagung der ketzerei, verdammung, ausgraben, verbrennen und letstlich ehrlicher widerthnsetzung der säligen und hochgelehrten Theologen D. Martini Buceri und Pauli Fagii... (Vorrede von C. Hubert.) Straßb. 1562.

⁶⁸ *28. febr. obiit D. Martinus Bucerus decanus*. (Liber vitae Capituli S. Thom. XVI. s.)

Es sei noch verwiesen auf die in diesen Tagen durch den Heitz u. Mündel'schen Verlag herausgegebene Festschrift folgenden Inhalts: M. Butzers „Summary der Predig zu Weißenburg gethon" (Neudruck). — Bibliographische Zusammenstellung der gedruckten Schriften Butzers, von F. Mentz. — Notizen über den handschriftlichen Nachlaß und die gedruckten Briefe Butzers. Verzeichniß der Literatur über Butzer, von A. Erichson.

Das Original des Bildnisses, ein vorzüglicher Holzschnitt, mit dem Zeichen D. S. (Daniel Seibel), befindet sich auf der Landes- und Universitätsbibliothek in Straßburg.